IN TO REMOIN

GIUSEPPE CAVA

GIUSEPPE CAVA

(BEPPIN DA CÀ)

In to remoin

VERSCI IN DIALETTO

SAVONEIZE

Dedica dell'Autore

A quanti m'han vosciûo e me vêuan ben e, in specie, a mae sêu Teresa, a-o Prof. Comm. Filippo Noberasco, a-i frae Gioxeppin e Ernesto Astengo, da feliçe memoia do sciô Gostin, dedico con affezion questo libbro.

BEPPIN CAVA

TESTAMENTO

Figgio, te lascio ûn libbro,
a sola cosa mae,
e no ö borsotto gonfio
de tanti bûtteghae.
L'é ö frûto dö mae inzegno,
de ôe de distrazion,
ma pe e personn-e pratiche
no vâ 'na colazion.
Ereditae ben magra,
anzi da trascûrâ,
sgreio de tempo inûtile
che no te fià sciallâ.
Perdönn-ime, mae cao,
se n'ho âtro de mëgio
da offrite proprio a l'ûrtimo,
e piggitene ûn spëgio
A vitta a no l'é ûn sêunno
de pûra fantaxia,
'na nûvia rêusa càrega
de incanti e de poexïa,
e i ben pensanti insegnan
che l'arte e l'ideale
no son che zêughi d'iride
in çimma a de coquale ;
che a trippa a forma o centro
de tûtto l'universo
e no scangiên 'na mörmoa
pe ö ciû gran bello verso.
Han ben raxon, confesso,
E reçito abrenunzio!
vä ciú ûn vermin pe e papoe
che ö genio de d'Annunzio.
Lêuga sto libbro in fondo
a 'na cantieta ascösa,
e quarche votta piggelo
pe lèzilo a-a têu sposa.
e, in parte, pûre a-i figgi
se ûn giorno ti n'aviae;
ma ammia che no s'azzarden
pe-a stradda de têu pôae.

I

ALMO CICCIOLLO
OH! SAVÖNN-A!
A S. E. ö Generale Marchese Paolo
Assereto, Podestae de Savonn-a.
Te vêuggio ben Savönn-a,
o bella mae çittae,
bonn-a, gentile, onesta,
meistra de civiltae.
De 'sta Rivea de incanti,
gemma segonda e antiga
e illûstre quant'ogni âtra
ö nömme a-a Storia a liga
pe l'arte, pe-i commerci,
pe-o genio di mainae
e pe virtû de popölo,
da-e ciû lontann-e etae.
Purtroppo, lungo i secoli
pe côrpa de faziôin,
t'ae supportôu da forte
assedii e distrûziôin.
Dûxi, Marcheixi, Prinçipi,
t'han invidiôu, t'han vinta;
han fabbricôu castelli
in drento da têu çinta,
che battezzae da-a Brilla,
e da l'agûo Speron,
doveivan, ëse ûn scimbolo
d'eterna sôggezion.
Cö zetto de têu case,
ö porto t'han impio,
t'han faeto baxâ a pûvie,
a libertae rapio;
pûre ciû bella e nêuva
da-e çenie t'ë risorta,
pe-a volontae de gente
che ö basto a nö söpporta.
Sörva de mûagie antighe,
di deröcchae bastioïn
e macchine a vapöre
cantan e sêu cansoïn,
mentre in to nêuvo porto,
a-o posto de galee,
e nave dö commercio
fûmman da-e ciminee.
Tûtta 'na vitta attiva,
ûn slanso de travaggio,
l'ha scançellôu pe sempre

i segni dö servaggio,
e t'ha redaeto ö posto
a tî segnôu da-a Storïa,
scrivendo nêuve pagine
de nêuva e vera gloria.

*   *

Te vêuggio ben Savönn-a,
nativa mae çittae,
e tûtte insemme abbrasso
e belle têu contrae.
Da l'elegante Cörso
finn-a a-e ciû antighe stradde,
da-i caröggetti streiti
a-e ciasse, a-e têu caladde.
Amo e collinn-e verde
ch'in gio te fan çentûa,
ö mâ che i pê te baxa
e ö nomme têu salûa.
Amo i vinetti gianchi
faeti con l'ûga, a-a vêgia,
e i birbi êuggin de zôene
döve ö têu çê se spëgia.
Amo a franchessa sccetta
di sgrêuzzi têu mainae,
e e belle popölann-e
di Fraighi e di Casciae.

*   *

tî t'ë cangiâ, Savönn-a,
mi pûre son cangiôu,
ma a mente a no se ascorda
l'aspetto dö passòu.
In tî tûtto me parla,
o me sôvegne a-o chêu
di anni mae ciû belli,
di zêughi da figgiêu;
di amixi mae ciû cäi
da primma zöventû,
di belli sêunni rêuza
ch'aôa no sêunno ciû.
Te vêuggio ben, e sacra
ti m'ë pe-i gran dölöri,
pe-i giorni de letizia,
pe-i morti Genitöri,
che là in to Triste Campo,

poco lontan da-o mâ,
m'aspëtan in ta paxe
che a vitta a no sà dâ.

RICORDANSE

Son nato proprio sotta a-a Campanassa
e a vöxe sêu ciû votte a m'ha addesciôu;
ho faeto i primmi passi in sciä sêu ciassa
e i primmi zêughi ingenui ho là imparôu.
Sotto ö sêu archioto, poi, ûnn-a zôenetta
m'ha misso e primme spinn-e drento a-o chêu:
zûgôu tant'ote aveimo a-a pignatetta
e ben se vôeimo finn-a da figgiêu.
L'aveiva i êuggi e ö nomme da Madonna,
biondi i cavelli e ö naso ûn po' in sciû;
ma a quella stondaionn-a de sêu nonna
che a me parlesse a no gh'andava zû.
A-a vëgia paivo ö figgio do demonio
e mi pe daghe paxe l'ho lascià,
però g'ho in pëto ûn çerto testimonio
che vê pêu dî se mai me l'ho ascördâ.
E manco m'ho ascordae i buin amixi
di zêughi, de barûffe e di mendin,
pe quanto reizi o n'agge ö tempo grixi
ne-a mente e-i veddo sempre ancon piccin.
Descasci, a testa nûa, zû pe-i caröggi,
zûgando a tocca faero, a-o diao, allêua,
sporchi de taera, i sûoi pe-a faccia a röggi,
anscianti pe-o cörrî, co-a lengua in fêua.
Pe i pönti di cäfatti a fâ de ciumbe,
a-a pesca di gigioin, a tiâ di tösci,
pe i orti a rancâ çìoule pe fâ trombe,
o pe a Villetta in çerca de rampösci.
Emo da Campanassa e da Caladda,
di Fraighi, Mercanton e di Casciae,
ûn mûggio de batösi che ogni stradda
voreimo söttomissa comme a ûn poae.
De çerce faete a sciabbra armae e de fion-de,
no stamo guaei a guaera a dichiarâ;
bastava ne squaddressan con e gronde
pe sûbito a battaggia incomensâ.
Che belli tempi, allöa! O vitta pinn-a
de zêughi de scappadde e de piaxei,
scombatelle pe i Sparti in mezo a-a finn-a
erbetta sempre verde döve sei?...
Vivei solo ancon freschi in ta memoia
insemme a tante cose dö passôu,
e tanto sèi lontan che a pâ ûnn-a stoia

de quelle che mae nonna a m'ha contôu.

A FORTESSA DE PRIAMÂ
A l'ombra de Andrea Doria.
O furtûnôu d'Onegia,
Duxe zeneize, o Doia,
de guaere fratricide
questa l'é a têu memoia;
questa Fortessa grixa,
massiscia e impönente,
sciortia da-o têu çervello
ardìo e prepötente,
che i 'na çittae soggetta
cö faero e con l'inganno
döveiva sempre s-ciava
tegnî do sêu tiranno.
Doia, i têu êuggi d'aquila
l'han contemplà orgogliosi
e l'han trovâ ben degna
di sêunni têu ambiziosi;
pûre 'ste spesse mûagie
no han dito a-o têu pensiero
quanto mai fosse fragile
da forza ö sölo impero.
Ammia! son quaexi intatte,
i secoli han sfiddôu,
ma ö tempo de discordie
pe sempre o l'é passôu.
Doia, di âtri prinçipi
han calcolôu l'orröre
de questa têu Fortessa
pe ammortâ in chêu l'ardore
d'ûn zôveno zeneize
che, a-o föndo d'ûnn-a cèlla,
a l'ûnitae pensava
da nostra Italia bella;
ma invece in ta segreta
de faccia a-o nostro mâ,
quell'anima gaggiarda
a-a lotta a se tempià.
Doia, son staeti inûtili
questi bastioin potenti
a imprexônâ ö pensiero,
a ostacölâ i eventi;
l'intrega Taera Ligûre
a forma ûnn-a regiön
industriösa e forte
da libera Nazion!

A CRISTOFORO COLOMBO

Colombo, a l'é ridicola
di grandi ommi a sorte,
de no possede a paxe
manco a-o delà da morte;
specie se a votte càpita,
e a Tî proprio succede,
de no possede in regola
de nascita ûnn-a fede.
Cörpa di tempi barbari
ne-i quae Tî t'ë vissûo,
se ö scito da têu nascita
o no l'é ben segûo;
ma a cörpa vera e mascima
l'é a teû celebritae
se te vêuan dâ i natali
çento localitae.
Grossa fatiga! Inûtile
tormento a vëgie carte,
forzae pe fane appoggio
a l'ambizion de parte;
oppûre de man abili
apocrife scrittûe
pe dâ da lûxe a ûn zêugo
zûgou a carte scûe,
che han solo da càmoa
l'autentico rezûggio
e o tanfo pûre autentico
de vëgie carte a mûggio.

*   *

Nato da-a razza ligûre,
semenza de mainae,
che l'ardimento a rêdita
da-e ciû lontann-e etae,
pe Tî no gh'ëa de ostacoli
e a forza de costansa
t'ae vinto ö ciû terribile
quello dell'ignöransa.
là in mezo a-o grande Oceano,
con l'eûggio a tramontann-a,
o t'é comparso a-a mente
ö petenôu de lann-a,
a bûtteghetta ûmida
in fondo a San Giûlian
döve t'ae presto impreizo

a guadagnate ö pan.
T'ae rigordôu e libere
scappadde a Prïamâ,
ciamôu da-a grande vöxe
do nostro bello mâ,
che co-e maestose fûrie
e con i carmi incauti,
o te förgiava l'anima
d'âsä che a-i naviganti
doveiva ö çercio magico
rompî cö Grande Evento
e consegnâ i mâ liberi
a-o libero ardimento.
E e taere che emergeïvan
davanti a-a prôa obbediente
a-a forza do têu genïo,
ti segnalavi a-a gente
co-i nömmi a Tî caiscimi
dö pôae, dö Sarvatô,
che insemme a sta Saona,
ti amavi in chêu d'amô;
comme a ciamâ partecipi
da teu immensa gloria,
che a-o mondo intrego arviva
Nêuva e Civile Storia.

*   *

Colombo, a neigra invidïa
beive l'arfê t'ha faeto;
chi te doveiva ûn möndo
ûnn-a prexön t'ha daeto.
E tûtto a têu grand'anima
l'ha söpportôu segûa
ûmile in mezzo a-a gloria,
sdegnosa in ta sventûa;
ma a no restiae insenscibile
a-i storici tormenti
che te vêuan dâ di estranî
pe proscimi parenti.
Ah, no! Ombra grandiscima
no ingigantisce i nani,
e queste «dotte diatribe»
no son che sêunni vani
de mente che farnetican
da-i raggi da têu gloria,
avèi l'orgoglio e a luxe
che a no g'ha daeto a Storia.

* *

Dorme, Colombo, e lascïeli
sciûgâ d'inciostro ùn pösso;
no pêuan negâ che i avi
no t'han concesso ûn gösso .
Questo l'é ben çertissimo,
e senza de Isabella
n'avien i «dotti storici»
açceiza sta ratella:
pe voeïne tiâ dö merito
manchieva ogni raxon
perché ti siesci morto
perdonna! da strasson.

SEMPLICITAE CICCIOLLAEA

Torta de seixao,
torta de gran,
ûn mezo litro,
ûn po' de pan
l'é 'na çenetta
da cicciollae
ch'a costa poco,
a t'impe assae.
Doppo se càrega
ben a pippetta,
se fa due ciarle
co-a patronetta,
o con e carte
se fa a bottiggia
fra quattro amixi
a bescambiggia .
Verso dex'ôe
se issa a vèia,
se lascia tûtti
cö-a bonn-a seia;
se torna a casa
cö chêu contento
e s'arve a porta
in t'ûn momento.
Poi se va a letto
senza fracasso,
e se coggiönn-a
ö contrabasso.

INNO A-O NOSTRALIN

(Brindixi)
Beivo, esarto in èstaxi
questo sincero amigo,

che me gattiggia l'ugola
con ö sêu bon pessïgo,
che me dà forza e genïo
che me recuvia ö chêu
e a bocca arsûâ m'imbarsama
d'ûn gûsto de pignêu.
Beivo a questo Nettare
nemigo d'ogni baega
ch'o dà vigöre e spirito,
ma a mente no ne imbriaega:
ö nostro sô döçiscimo
risplende in questo vin
spremûo co-e man d'ûn Ercole
da-e ambre e da-i rubin.
Rubin de fïagne d'Elïa,
ambre dö Segno e Noi,
pestae con tûtte e regole
da-i paisen nostri, eroi
da sappa forte e ûmile,
dö lôu senza mezûa,
ch'han daeto a queste povë
rive' na fioritûa
de oïveti pallidi,
de vigne prosperöse
de vermentin, de pèrsighe
da-e pörpe deliziose.
Mosè da-i schêuggi biblici
tïava l'aegua a röggi,
l'aegua, ma no ö barsamico
vinetto de 'sti döggi!...
Se l'han ciamôu miracolo
ne ve ne fae mäveggia,
a gente d'Israello
prediligeiva a seggia.
Ma noî da taera ligûre
prediligemmo ö vin,
frûto dö veo miracolo
di nostri contadin,
a-i quae ûn salûto fervido
mando con grandi evviva
a 'sto Divino Liquido
e a tutta a comitiva.

A TORTA DE SEIXAO
Törta de seixao – morbida e bonn-a,
boccon gustoso – da mae Savonn-a,
da-o fêugo vivo – chêutta, indorâ
e con bon êuïo – condizionâ,

canto a têu lode, – a têu bontae
ch'a reiso celebri – tanti tortae:
cantala vêuggio – con a parlata
da brava gente – dove t'ë nata
perchè ö profûmmo – che ven da tî,
se mescce a-o sêunno – do nostro «scî».
Rigordo a Monica, – a Pasqualinn-a,
Manin a Dûxe, – a Pellegrinn-a,
penso a-i Pastellica, – penso a-i Lazzae
a-e törte cade – che g'ho mangiae
e st'arregordo – me tia sciû ö chêu,
m'addescia a gôa – comme a ûn figgiêu.
Veddo a fascinn-a – che zà s'aççende,
a pasta liquida – ch'a se destende
drento dö tésto – con êuïo fin,
de s-ccetta oïva, – veo verzellin .
A sciamma bella – ne-o forno a gïa
a pasta a bôgge – a ven röstïa,
ö giano seixao – in öu se cangia,
manda ûn odöeto – ch'o dixe: mangia!
Sento in te oëge – i cörpi spessi
dö faero adatto – a fäla in pessi,
me pâ ûnn-a mxica, – ûnn-a canson
ch'a predisponn-e – a-o bon boccon.
Laesti ûn spelinsego – sörva de peive,
ghe azzunze gûsto, – t'invita a beive
quello vin gianco – de nostre vixe
che con a törta – tanto se dixe,
ansi, sostegno – che son creae
pe fonde in ûnn-a – trè gran bontae:
quella do seixao, – de l'êuïo fin
con ö pessigo – dö nostralin.

A-O NOSTRO MÂ
A l'amigo Giûlio E. Menûo
T'ë bello da bellessa ch'a no cangia
quando carmo ti spëgi ö çê turchin,
da-a spiaggia in gio bördôu comme da frangia
desteiza con capriççio a-i têu confin
Da-o Cao de Meie andando verso Zena
se stende l'arco dôçe de têu rive,
incornixae da-i monti, in ta serena
maestae ch'a parla a-o chêu, ma a no se scrive.
In tanta carma e belle veie gianche
semeggian de farfalle innamôae
che ö lungo scorattâ l'ha reize stanche
e sörva e onde ciaee se son posae .
Ö sô a-o sêu spontâ o te semenn-a

de rêuze lûminose da mattin,
e tramontando placido o te venn-a
de porpore de fêugo e de röbin.
T'ë bello se ö meistrâ gianche pegoette
a sciammi manda avanti e ö çê fa scûo;
e quando a lebecciadda a se ghe mette
faxendo ascì tremâ chi sta a-o segûo .
Urlando fûribondo e ciazze e i schêuggi
ti assäti co-a têu raggia scadenä,
e pa' che livellâ tutto ti vêuggi
pe pöei a taera intrega subaccâ .
Sta taera che doman, carmo e pentïo,
con di maoxetti dôçi comme baxi
a caressâ ti torni e cö sospïo
ti ghe confessi e colpe che ti taxi .

A TRAMONTANN-A
Che bellessa andâ pe Sann-a
quando o sciûscia a Tramontann-a,
fra pûvioin pin de moinelli
e regatte de cappelli,
che ghe dan pe andâ ciû forte.
Xêuan de ciappe, sbattan porte,
cazzan veddri con fracasso,
se scadenn-a Satanasso.
Vegnan zû di fûmaiêu,
ve s'addescia ö battichêu.
Da ogni parte a v'assalisce
ve maschezza, ve inorbisce,
ve scigôa drento de oëge,
ve solleva comme nëge,
v'intra sotta, a taggia o sciôu...
Ah, che vento maedûcôu!
Se a l'incontra de scignôe,
pä a se treppe, a se demôe,
in to tiaghe sciû e röbette,
seggian vëge o zovenette.
A-e descrêuve finn-a a-a schenn-a,
a-e scarpenta, a-e despëtenn-a;
a no-e lascia camminâ,
da-o despëto a-e fa sbuttâ,
specie se, pe mala sorte,
han de gambe magre o storte.
Che bellessa andâ pe Sann-a
quando o sciûscia a Tramontann-a!
Feûa de ciongio se camminn-a,
spalle avanti, a testa chinn-a,
e ve tucca puntâ i pê

se no voei andâ inderê.
Ronsa, ronsa, Gioaninetto,
va de boenn-a, fa ûn passetto;
se fatiga andâ pe Sann-a
con sta brûtta Tramontann-a.
Se de puppa ve a trovae,
cai figgiêu sei rovinae.
A ve spuncia cö vigore
de 'na macchina a vapore:
ve fa fâ 'na maratonn-a
con i pinci e a no mincionn-a,
né a ve lascia, né a s'arrende
fin che in taera a no ve stende.
Dio v'avvarde quando o ciêuve!
no gh'é ninte chi ve crêuve.
Se arvì ö paegua a l'incappella,
a ve o sguara, a ve o streppella,
a ve lascia in man ö bacco,
e restâe ûn macacco.
No gh'é ninte che ghe a posse
a ve bagna finn-a a-e osse,
scicché quando tornae a câ
parei gente cheita in mâ.
Che bellessa andâ pe Sann-a
quando o sciûscia a Tramontann-a!

II.

A MAE FIGGIA

Têu papà che ogni giorno o sente sempre ciû forte e pesante ö dolore do gran distacco, o te dedica
questi versci scriti cö chêu sanguinante e i êuggi bagnae da lagrime che no pêuan asciûgase.

LIETO EVENTO

A bönn-a donna rossa e sorridente
a l'ha criôu allegra: – A l'é ûnn-a figgia!
ûnn-a biöndinn-a!... sciâ no se lamente
a reginetta a siâ da sêu famiggia.
Sciâ mie comme a l'é snella, a pä ûnn-a sbig-gia;
a l'é ûn pommin de rêuza veramente...
sciâ a lasce cresce e sciâ veddiâ che figgia,
con 'sta faccetta rionda e promettente.
Sciâ l'é impaziente de piggiâla in brasso,
de däghe dui baxin?!... ma sciâ l'aspete,
finiscio de fasciâla e poi ghe a passo,
coscì sciâ se estaxiä de sêu graziete...
Va, popponinn-a, va con quest'ommasso,
se o no te piggia ûn po' no l'ha ciû quete! –

A DI NINNOLI DE STOFFA

Cöse piccinn-e, semplici, graziose,
d'ûn ninte faete, eppûre tanto belle,
ö fascino portae de forme snelle
de sêu manninn-e gianche e indûstriose.
Un tocchettin de stoffa, dui frexetti,
pochi retaggi ûnii con dö bun gûsto;
ûn cörpo de tesöie a-o punto giûsto
e a grazia tûtta scioïa di sêu puntetti .
Quant'arte rivelae, che intelligenza,
quanta armonia de linie e de colöri,
quantunque seggi semplici lavöri
creae pe distrazion da a sêu paziensa.
Sèi belle e no me stanco d'ammiave,
a vostra grazia tanto a m'incadenn-a,
e, se ve tocco, a man ve sfiora appenn-a
pe a puïa, o cose belle, de guastave.

BOXÏE PIETOSE

Ho a morte drento a-o chêu mentre te rïo,
çercando consolate, o mae piccinn-a,
e l'êuggio têu o me fissa e o no indovinn-a
che t'ho promisso tanto e t'ho mentïo.
Te parlo d'avvegnî, mentre te spïo
do mä i progressi lenti in ta faccinn-a.
Bella comme ûn pommin che zâ o declinn-a

16

a-a primm'arba da vitta appenn-a sciôïo.
«Vegniä presto 'sta Primma co-i sêu fiöri
e tî d'in letto ti poriae stâ sciû;
ti repiggiae e têu forse, i têu colöri
insemme a tûtto ö brïo da zöventù...».
E tî ti creddi!... Scì, vegnian i fiöri,
ma tî, purtroppo, ti no ghe siae ciû!...

TI N'Ë MORTA!
Ti n'ë morta, per mi, povia piccinn-a,
e ö mae pensiero no te pêu scordâ;
davanti a-i êuggi ho sempre a têu faccinn-a,
da-i biondi rissolin incornixâ.
Te veddo sorridente in ta scuffietta
drento a-a cûnetta rêuza recamâ,
e fresca e bella quando zovenetta
sciortïmo insemme a-a festa a passeggiâ.
Te veddo in to lettin, scimile a ûn giglio
scciantöu da l'oragan in to fiorî,
e d'ëse vivo ancon me meraviglio,
tanto ho sofferto da no pöeilo dî.
Ti n'ë morta, mae Thea, perchè te veddo
comme viva e te sento a mi vixin,
e, se destendo a man, quaexi me creddo
de accarezzâ feliçe ö têu testin.
De votte a-a seia, quando m'assopiggio,
ti vegni tûtta gianca verso mî,
e a voxe têu a me dixe in t'ûn bisbiggio:
– Non cianze ciû, papà; son chi con tî! –

ILLÛXIÔN
Son solo e in ti arregordi da mae mente
ti vivi co-e têu grazie biricchinn-e;
son solo solo, eppûre ti ë presente
e strenzo fra e mae man e têu maninn-e.
Zûghemmo ancon insemme e conto e vot-te
che e man te fasso batte parma a parma,
e zûgando coscì me scordo e lotte
da vitta desgraziâ e trêuvo a carma.
Tî gûsto ti ghe piggi e in cantilena
ti canti insemme a mî tûtta contenta,
e a têu vöxetta acûta a rasserena
'sto chêu ferio da-o dô ch'o me tormenta.
Passa ö tempo? No sò, no n'ho ciû ö sen-so
ne l'illûxion che adaxo a me trasporta
in to passôu feliçe, e ciû no penso
che mi son solo e tî, mae ben, ti ë morta!

Ö LIBBRO DA SÊU PRIMMA COMENION

O m'é vegnûo pe-e man veiseia tardi,
ö libbro da sêu Primma Comenion,
ancon fasciôu da lë con i riguardi
e a fede de l'ingenua divözion.
Çercavo çerte carte e in to trövâlo
o me s'é misso ö chêu a remesciâ,
g'ho daeto ûn lungo baxo e in to posälo
l'aveiva quarche pagina bagnä.
Ho cento, e in mezo a-e lagrime ho sentio
passame sorva a-a fronte ûn dôçe sciôu,
förse a sêu bocca, allôa, m'ha restituio
ö baxo che in sce o libbro g'ho posôu.
L'ëa ûnn'illûxion, l'é veo; ma se a vegnisse
quell'ombra bella ûn giorno de lasciû,
insemme co-e meistrae in to libbro misse
a ghe tröviae e mae lagrime in deciû!

ANNIVERSAIO

29 marso 1923.
Sett'anni son passae, povea piccinn-a,
da quella nêutte che no so scordâ;
sett'anni giûsti anchêu, che a têu testinn-a
l'ûrtima votta a-o sen me son serrâ.
Ö tempo che o scançella tante penn-e
ûn barsamo per mi no l'ha trovôu;
sett'anni! e comme allôa me tremma e venn-e
e ûn gruppo chí in ta gôa me leva ö sciôu.
Ah, se pöresse armeno liberame
da 'sto dolöre immenso e senza fin
vegnindo a tî d'arente a repösame
da-a lotta a denti streiti cö destin;
là in to refûggio estremo döve taxe
ogni contrasto, ogni odio, ogni rumô,
me arreversiae pe sempre in ta gran paxe
da taera consacrâ da-o nostro dô.
29 marso 1930.

DIVERSE
A ÇIGHAEA D'ÖU
A-o mae amigo F. Marengo
Vorriae comme i poeti de Provensa
mettîme i 'na çighaea in ta gassetta,
portandola orgogliöso in evidensa
con ciû piaxei da solita cröxetta.
'Sto scimbolo, pe i ciû, de imprevidensa,
de canti spenscierae e de bolletta,
pe chi cantando passa l'existensa,
l'é ûn scimbolo d'onô, l'é 'na vendetta
allegra contro i tanti che se creddan
consciste ö vive solo in to amûggiâ;
ovie formigöe mûtte, che no veddan
quanto son belli ö çê, a taera, ö mâ,
e, vinte da l'egoismo, se mäveggian
se posse perde tempo pe cantâ.

SEIANN-A TRADITÖA
Gh'é 'na barchetta in mâ
che pä d'argento fin
a l'agge a veïa,
sott'a lûxe incantä,
da lûnn-a nêuva in pin,
de questa seïa.
A poppa en accostae
due ombre che ogni pö
se dan ûn baxo;
ma a lûnn-a che a l'ha cöae
de stâ da canto sò,
no ghe fa caxo.
'Na fresca brixa a ven
da-i orti pröfûmmâ
de limonetto,
che seïa imbrillantâ
pä ûn trabochetto
galïoto e ingannatô,
scavôu a-i nostri pê,
pe fane cazze
a-o canto de l'amô,
che ö mâ ripette a-o çê
baxando e ciazze.

A ÛN VËGIO PIN SOLITAÏO
O Pin, da-e fêugge agûsse comme agôgge
ciantae in te ramme têu nodöse e storte,

no gh'é sciûsciâ de venti chi te dôgge
e ö mâ co-e sêu sprûinae te fa ciû forte.
In mëzo a-o çê turchin ö verde paegua
t'arvi maestoso e pä che ti te vanti
de prosperâ robûsto döve l'aegua
i freschi ûmôî ghe nega e i verdi incanti.
Sarvaego ti ë cresciûo in sce ûnn'artûa
a picco sörva ö mâ che a morde e a baxa,
sensa a gioia de sciôî, ma da-a natûa
t'ae avûo in compenso ö barsamo da raxa
da-o tronco destillâ, impindo l'aïa
d'ûn san profûmmo acûto, deliziöso,
che mesccio cö marin. che ven da-a baia
ö pëto fa respiâ ciû vigoröso.
Me piaxe a l'ombra têu de quando in quan-do
vegnime a repösâ beato e sölo,
restando a lungo chi fantasticando
co-a mente desbrillâ, e me consölo
a contempla 'sto mâ, 'ste belle rive,
'sto çê coscì seren ch'o rïe contento
de fäla in barba a quanti o vêuan descrive
e a carta ghe remettan cö talento.

L'INFERNO
A-o mezo dö cammin da nostra vitta
l'é brûtto aveî e stacche senza ûn scûo;
senza palanche, amixi, o no se pitta
e andâ a dormi zazzûîn o l'é ben dûo.
Se gïa e se regïa drento dö letto,
mentre ö pançin o lìtiga co-a schenn-a,
e a böcca, maedûcâ, pe fa ûn scherzetto,
se slarga in to bägiâ da perde a goenn-a.
Inûtile çerca de fâla taxe,
e e lèrfe ben serrâ perchê a no bägie;
convegne aveî paziensa e in santa paxe
vedde a famme côrrî lungo de mûagie
Dante a Ugolin g'ha daeto ûn arçivesco
da rezûggiâ famelico in eterno;
a mi bastiae 'na micca de pan fresco
pe poeî sciortî de butto da 'st'inferno.
Con 'sti stiamenti a mensonâ ö pan fre-sco
ingordo me creddieî, e son pentìo
ciû ûmio me faiö de san Françesco,
dixendo che o siae bon anche stallìo .

GIORNÂ DE SÔ
Un sô sûperbo in çê, ûnn'aia finn-a,
ûnn'allegria in to chêu, a mente sveggia,

n'axillo aççidentôu che o me strascinn-a
a gode fêua de casa 'sta mäveggia.
E tî, casetta cäa, no te tradiscio
se cedo a-a suggestion de 'sto splendô;
ti ë bella comme ûn nïo, ma preferiscio
godîme all'aia averta questo sô.
'Sto sô coscì sgreion e coscì ricco,
che o scenta via i tesori co-a sabacca,
che e perle o versa in mâ, o indora ö bric-co,
e-o vermo o no desprexa ni a trabacca.
'Sto sô tanto larghê che o rende bello
quanto o tocca co-a lûxe da sêu gloria,
che ö sascettin trasforma in t'ûn gioiello,
e de colori o stende ûnn-a baldoria.
Tî ascì, casetta mae, te fa ciû bella,
te innonda de salûte e de sorriso,
a vëgia etae da-e mûagie o te scançella,
ma fêua trasforma a taera in paradiso.

PREGHËA A-A LÛNN-A
Pe piaxeî, ti me sae dî,
bella lûnn-a, che ti vae
curiosando pe-e contrae
comme ûn gardetto,
se l'é addescia e pensa a mî
a brûnetta dö mae chêu?
Per tî a nêutte, se ti vêu,
no l'ha ûn segretto.
E, se a dorme, a sêunna ancon
i baxin scangiae pe-a scâ?
De vôreime ûn pö informâ
o te rincresce?
In to cäxo, fa attenzion,
accostandote, d'ammiâ
che a têu lûxe inargentâ
no me l'addesce.
Bella lûnn-a, no stâ a fâ
quella faccia da maschae...
Ti ghe vae o ti no ghe vae
da-a mae zeneize?
Sciû, no fâme ciû söspiâ!...
Tî che a tûtti ciaeo ti fae,
Paraninfa di innamoae,
seggi corteize!

MADRIGALE
Se 'na mösca diventesse
e a têu man no me scörisse,

me pösievo in sce e têu tresse
coscì neigre e coscì risse.
Vorriae ûsâ tûtte e caresse,
quante in mente o me vegnisse,
imbriaegame de finesse
de têu belle tresse risse.
E poi fâ mille stranesse,
däte a vitta a stisse a stisse,
fin che ûn baxo me restesse
fin che stracco no ne moîsse.
SE!...
Se diventesse a caxo ûn nêuvo ricco,
o guadagnesse a-o lotto ûn terno secco,
vörriae mandâ i affanni tûtti a picco
e divorziame ascî pe n'ëse becco.
Me fievo 'na villetta in çimma a ûn brïcco,
dipinta cö colore dö festecco;
da-a porta ûnn-a targhetta, sorva ö picco,
con scritto: Villa Verde dö sciô Checco.
Me dedichievo a-o cûlto dö dio Bacco
con de böttiggie vëgie che fan ciocco,
cacciando e convenienze drento ûn sacco
pe sötterrale allegro tûtte in blocco,
contento che me dessan dö bislacco,
pe poeî godîme in paxe ö mae malocco.

DISAVVENTÛA
L'âltro giörno a mae biöndinn-a
biricchinn-a,
da-o barcon m'ha salûtôu
e co-a bella sêu maninn-a,
gianca e finn-a,
ûnn-a rêuza a m'ha cacciôu.
Ma ûn figgioamme ch'o passava
e scigôava,
vista a rêuza o l'ha acciappâ;
poi ammiando a-o sêu barcon,
'sto birbon,
«marameo» s'é misso a fâ.
Mi no voendo aveì ûn smacco
da ûn macacco,
d'in te man ghe l'ho piggiâ,
e in to mentre che trionfante
a-a galante
stavo a rêuza pe mostrâ,
quello figgio d'ûn gran trêuggio
in t'ûn êuggio
'na tomata m'ha asbrivôu...

Son restöu comme Pinella
e a mae bella
ö barcon a l'ha serrôu.

Ö MAE GNAOGNIN
Ö mae Gnaognin o l'é ùn gattin noello
tûtto graziette e lesto comme ûn föin;
o côre, o sâta apprêuvo a ûn remescello
e o fa ballâ fra mezo a-i sêu sampin.
Quando o me vegne in scoso, 'sto fra-scöso,
m'invita a caressalo co-e sûcchae:
o me se fretta, o rönfa, o fa ö grazïoso,
o schersa con de finte mordiggiae.
De votte lascio vêugia a sêu cöppetta
e finzo de no veddimôu vixin;
co-a sampa o me tîa forte pe-a giacchetta
e pâ ch'o digghe: Ninte, pe-o minin?
Da ûn po' de tempo o l'é vegnûo nervoso,
s'é faeto secco e no vêu ciû zûgâ;
o gnaogna co ûn vôxin tanto pietoso
che mi ghe lascio a porta spalancâ.
Gh'é 'na gattin-a gianca ch'o çimenta
e lë a divora con de lunghe êuggiae,
ma quando o l'avvixinn-a a m'o scarpenta
e a casa o torna carego d'ungiae.

MATTIN
Ûn scampanâ argentin ven da-a campagna
a-o quae rispönde ûn scampanâ vixin,
ûn âtro o ven da l'âto da montagna
insemme a-a primma lûxe da mattin.
S'addescia a vitta. Un dôçe ventixello
o mescia appenn-a e fêugge côme ûn sciôu;
ne-o bosco a sô cansön canta ö franguello
da l'arpa dö rianetto accömpagnôu.
Fra i erbe gh'é ûn sûssûro delizïoso,
ûn gran xûattâ d'insetti delichae;
mentre triönfante ö sô dai monti ascöso
a pörpöa o stende in çê da sò maestae.

TRAMONTI
Ö sô verso ponente, adaxo adaxo,
se ne và in mezo a nûvie d'öu lûxente
e açceizo da-o splendô de questo baxo
ö carmo mâ semeggia ûn lago ardente.
A lenti ciocchi ûn campanin d'in Paxo
annunzïa a fin de ûn essere vivente,
comme se a cianze insemme ö triste caxo

invite co-a preghea l'ûmana gente.
Dui tramonti! Un fra e lagrime e ö dolore
de povia gente da-o destin provae,
che vêuan co-a forsa immensa de l'amöre
contende a-a neigra morte ûn figgio o ûn pòae;
l'âtro in t'ûn çercio aççeizo de splendore
scimile a-a gloria de l'Eternitae!

SEIA
Törnan a-a stalla i bêu co-a testa bassa,
sötto ö pesante züvo, pe-e fatighe
dö lungo giörno a-o sô, lazzû in Ta Bassa,
a preparâ ö terren pe-e bionde spighe.
Pe-e stradde gh'é ûn conçerto de sonaggi,
ûn rubattâ de rêue, ûn vöxâ ardïo;
i contadin van verso i sò villaggi
pe-a çenn-a che cö sûô han ben condïo.
Ö grillo cantadô a bello a bello
sveggia da-i bûschi i sciammi de ciaebelle:
baia inscistente ö can derae a-o cancello,
e in çê, comme lumin, s'aççende e stelle.

CANTA, BAMBINN-A!
Canta, bambinn-a, canta; a têu vôxetta
a me reddescia in chêu dôçi momenti,
ti a canti proprio ben 'sta cansönetta
che a parla de pascion, de baxi ardenti.
Ti a canti ben perché ti senti drento
cö sangue remesciâ questo motivo,
e ti ghe metti tanto sentimento
che standote a sentî quaexi revivo
e belle ôe passae quando vibrava
in te mae venn-e ascí l'eterno canto
da zoventû trionfante, a-a quae bastava
ûn solo sorrisin pe fâ ûn incanto.
Canta, bambinn-a, canta; a têu vôxetta
'sto vëgio chêu marotto a me resann-a,
mentre ascöso e sottî ne-a cansönetta
gh'é ö prelûdio per tî da ninn-a nann-a.

CIÊUVE!...
Ciêuve!... Son malinconico,
ho l'anima frusciâ;
fûmmo, passeggio, lezo
e bägio a tùtt'anda.
Che noia, che malessere
me sento addosso anchêu;
ho tûtti i nervi teizi,

ûn gran languô in to chêu.
N'ho volontae de ninte,
quaexi no sò pensâ...
son comme ûn sacco vêugio,
un legno in mezo a-o mâ.
Co-e dîe tambûo in sce i veddri
motivi senza fin,
disordinae, imposcibili...
e a noïa a fâ cammin.
Ciêuve!... Che giornâ pèscima
ciû lunga dö bestento;
e ciêuve de continuo
senza cessâ ûn momento,
A vegne zû menûa,
pä quaexi regolâ:
che proçescïon de paegua,
che bratta pe-a contrâ!...
Megio, çent'ôtte megio,
o ciaeo di lampi e i troïn
a fûria da tempesta,
i forti slavassoïn.
Ma 'st'aegua sempre paegia
'sto çê de ciungio, basso,
son comme ûnn'aenn-a mobile,
ûnn'angonia, ûn colasso.
Ciêuve, son malinconico,
ho l'anima frusciâ;
fûmmo, passeggio, lezo
e bagio a tutt'andâ!...

PASQUA
Pasqua de rêuze,
Pasqua de sô,
pinn-a de incanti,
gonfia d'amô.
Canta e campann-e,
canta i rïen
cantan e stalle,
canta i villen.
O gh'é pe l'aïa
tûtta ûnn-a festa
gh'é pä ûnn-a mûxica
drento a-a foresta:
'na vitta nêuva
a l'é sccioïa,
tûtta a sêu gioia
ö mondo o crïa.
I proî son verdi,

han scïoe i orti,
e finn-a e fosse
di nostri morti
son meno tristi,
son tûtte odô,
quaexi a conforto
dö nostro dô.
Portae, Campann-e,
l'allegro osanna
in casa a-o ricco,
drento a-a cabanna;
daene ö sorriso,
daene a bontae,
rendei feliçe
l'Umanitae.

A GREPPIA
Bambin bello, bambin cao,
de pellame gianco e fin,
tî t'ë nato in te 'na stalla
comme ûn misero meschìn.
Bonn-a donna no ghe n'ëa
per asciste tò mammà
e poei dî con bella cëa
– S'assemeggia a sò papà! –
O gh'êa un âze ûn po' buscetto,
con ûn bêu magro e cornûo,
che a sò moddo, povie bestie,
l'ha criou un: Benvegnûo!
San Gioxeppe o no l'aveiva
de pataeli e o t'ha possou
in ta greppia – ciû o no poeiva –
poiché o l'ëa ben ben despiou.
Con ö tempo quella greppia
l'é vegnûa scì venerà
che se un ommo o se ghe attacca
no ghe o poei ciû destaccâ
Co-e cadenn-e o se ghe liga
perché o sa da bon cristian:
– Chi l'é a greppia o no fatiga
né ghe manca onori e pan –.
L'âze e ö bêu, ste povie bestie,
che t'han daeto a greppia e ö sciou,
n'han avûo, pe recompensa,
ûn fî d'erba rezuggiou.
L'âze e botte ciû o no conta,
beive l'aegua e porta ö vin;
sotta ö zu poi l'atro o sconta

d'ëse staeto ö tò paddrin.
Natale 1934.

CONSEGGI PE BEN VIVE
Mae pôae me diva ûn giorno: «Ö mondo intre-go
l'é comme ûnn-a gran corsa a precipizio;
da-a Bonn-a donna andemmo in man do cëgo,
e a morte a ven ciû fito che ö giûdizio.
Zûghemmo tûtta a vitta a-o primmo sato
chi ghe dà de scciappe resta sotta;
ma i fûrbi che san fà da lengua e scïato
a casa mai no van co-a testa rotta.
Besêugna saveì fâ! Mettîse in vista,
piggiâ ûn contegno adatto a-a circostansa;
tegnî cö praeve e ascî cö socialista
e l'ideale aveilo drento a-a pansa.
A pansa, tegni a mente, a l'é ûn santuaio,
a-o quae no se fà offerta de parolle:
davanti ûn piatto bun o ûn bun salaio
i ciû diventan, cäo, de braghemolle.
Ammûggia de bigêtti ûn bello motto –
i mëzzi non importan nè ö mestê –:
ûn âse da dinae vä ciû de ûn dotto,
e dell'onore föttite ö panê.
Con 'sto scistema ti viviae ben visto,
magari decorôu de quarche cröxe,
ma ti no te sarviae da-o giorno tristo,
che in mëzo a quattro töe ti vagghi a-a Foxe.

I LAMENTI D'ÛN VËGIO PREGIN
Quand'ëo nêuvo – tûtto lûxente
d'intorno aveivo – sempre da gente
sposinn-e fresche – zuenette ardïe,
comae ciarlonn-e – vëge arûpïe,
che me schissavan – forte a maneggia
e in t'ûn momento – gh'impivo a seggia.
In tûtto ö giorno – no me posâvo
a rôggi l'aegua – sempre scincâvo
e spesso, spesso – in ta mattin,
servivo a-i osti – l'aegua pe-o vin.
Saveivo i ciaeti – di vexinati,
quanti n'ëa morti – quanti n'ëa nati
e finn-a l'ôa – che ö bon compâ
andâva a vidôa – a consolâ.
Che scene comiche – fra ûn rôggio e l'âltro
no se ne sente – manco a-o teatro;
mai tanti titoli – de... nobiltae
se son due donne – fra lö scangiae,

sensa riguardi – con tûtto ö chêu,
mentre aspëtavan – d'impî ò bôggêu.
Ciù de 'na votta – quarche zôenetta,
con ö pretesto – d'impî a brocchetta,
da mî vegniva – pe fâ l'amô
o pe sfogâse – quarche brûxô.
No sò i zûamenti – no sò i sospii
che in questi caxi – me son sciorbii,
solo arregordo – che ûn parmo döggio
d'aegua corrîva – zû pe-o caröggio
perché a zuenetta – rossa e confûsa
lasciava l'aegua – sciortî a-a rinfûsa.

* * *

Aôa son vëgio – arrûzinïo
ben poca gente – me veddo in gïo.
Se quarche donna – vegne co-a seggia,
ciû de mez'ôa – scrolla a maneggia;
pesta, giastemma – a sbutta, a crïa
cose s'aspëta – cacciame vïa.
Ö tûbbo o perde – a molla ho rotta,
ho sempre a stissa – me bagno sotta;
son proprio a l'ûrtimo – no son ciû bon
che a fâ dö mûggio – cö feraccion!
Zoenette belle – donnin-e cäe,
aggiae paziensa – se sbascio e äe;
son staeto axillo – in to passôu
e sempre pronto – v'ho accontentôu.
Se aôa invece – fasso sospiâ,
pensae che a molla – m'ëi strapassâ
a ûn punto tale – ch'e damixann-e
ve bagno appenn-a – con de cingiann-e.

SCINFONIA IN DO MINORE
– Mïa, möggè, che mi son stracco,
o ti cangi o t'arsi ö tacco
o mi e coste ben te sciacco!...
– No g'hò puïa d'ûn macacco...
se ti tenti, piggio ûn bacco
e e çervelle mi te spacco!...
– Fanni l'atto e te sbergnacco
cömme ûn figo o cömme ûn cacco!...
– Prêuva tî, brûtto penacco,
no son donna da fâ smacco!
– Ah, mî e unge no me sciacco;
no me lascio infiâ in to sacco...
– Taxi, dönque te subacco...

Ti no a vinçi nò, perbacco!...
. . . .
. . . .
– Gostinasso!
– So' ûn penacco!
– Vegni chi!
– No t'êugio attacco...
– Lascia andâ!... No fâ ciû ö tacco!...
– Me ne vaggo pe tabacco,
poi a-o Cine…
– Va, bersacco!
– Ti vegniesci?
– M'infio ö giacco!

A SAPIENSA DE MAE BESAVA
Me arregordo mae besava
che ûnn-a cosa mai non fava
ni ûn conseggio a pöeiva dâ
sensa andave a destanâ
ö proverbio che ghe vôeiva
e tranquilla a ve o dixeiva
con ö fâ de chi ben sâ
arvi a böcca pe parlâ:
«Regordae che chi vâ cian
o vâ san e o vâ lontan;
ma chi é l'urtimo a arrivâ
o l'alloggia sempre mâ.
Ö meschin che tanto stenta,
pêu godî se s'accontenta,
mentre chi no sâ rischiâ
mai da-e strasse o se leviâ.
Benché netti e repessae
se pêu andâ davanti a-o re,
anche un âse fa figûa
con 'na bella bardatûa.
De modestia ûnn-a preizetta
dâ un profûmmo de viövetta,
ma se in âto ve mettî
porei mëgio comparì.
No se pêu con 'na legnetta
portâ a-o bôggio a pignatetta,
e de certo arregordieî:
Chi fà solo, fà pe treî».

* * *

Ah, che donna mae besava,
comme ben s'a desbroggiava!

L'eä tegnûa da-o vexinato
da-a Ciassetta a-o Borgo d'Ato,
pe ûn oracolo, ûn portento
e de donne ûn reggimento
invaddeiva sempre a cà
pe vegnîla a consûltâ.
E lë, seria, a bocca arvîva
ben segûa de quanto a diva:
«E boxie co-i sêu gambin
no poêuan fâ do gran cammin,
e chi pratica a veitae
l'ha nemixi in quantitae.
Un segretto custodio
o n'o penetra che Dio,
mentre ö Diao – se n'ha de prêuve –
fâ e pignatte, ma no e crêuve.
Pensae a quanto intravvegnî
o ve pêu, primma de dî,
ma se troppo ghe pensae,
mosche in pûgno ve trovae.
Scia de nêutte che in sce o tardi
tûtti i gatti ve pan bardi,
e cö ciaëo de 'na candeia
no s'accatta donna o teia.
Tegni a mente ö vëgio dito:
Sacco pin o no sta drito,
e a quell'âtro ancon de ciû:
Sacco vêugio o no sta sciû.

* * *

Tûtte e donne a conosceiva,
tûtti i ciaeti lë a saveiva;
no gh'ëa bûsca chi mesciesse
che pe a primma no o savesse.
Quante lite de comae
co-i proverbi a l'ha arrangiae:
con due sole parollette
diventavan de agnelette.
E, indavveï, chi rexisteiva
se i occiali a se metteiva,
comensando a desghêuggî
senza perde mai ö fî:
«Ö cavallo giastemmôu
o l'ha sempre ö peî lûstrôu;
tûtte e raggie da giornâ
pe-a mattin conven lasciâ.
Chi ö panê o l'ha de paggia

d'ûn bricchetto l'ha scagaggia.
N'é tûtt'öu quello che lûxe,
sensa ö gruppo no se cûxe.
Can chi dorme no se sveggia;
chi vêu l'aegua porze a seggia,
e chi alleva nevi e nesse
ö derrë o ghe pende e pesse.
L'aegua coâ ve fa i baggiêu,
chi vêu moî s'a pigge a chêu,
e chi parla de derrè
o ve parla cö panê.
No gh'é aegua ch'a no bagne,
nè ferìa ch'a no se stagne,
e chi vêu tranquillitae
no s'intrighe co-e comae».

* * *

Ah, che donna, mae besava,
quanto ben s'a desbroggiava.
co-a sò fama straordinaia
a saiae morta milionaia,
se a se fosse arrigordâ
ûn proverbio d'applicâ:
«Chi fa e pensa pe-o vexin
o finisce ben meschin».
Ma se a poëse ûn po' risponde
a sentiesci dî co-e gronde:
« Chi no pensa che per lë,
l'ha nemixi a taera e ö çê!».

L'INVERNO BON
Domine Tempo – segondo l'ommo –
me pä che o fasse – ö galantommo;
ne dâ ûn inverno – da ö sô sorriso
comme se fuiscimo – in paradiso.
Se i meschinetti – son ben contenti
giascian veleno – çerti esercenti,
specie se vendan – legne e carbon
son agri e verdi – ciû dö limon.
Ah, se da neive – mandesse ö çê:
aegua in to müggio, – o Bertomê!
A gente a catta, – se vêu scädâ,
dagghe de scopöle – in to cantâ!
Ma ö tempo bello – pä se mantegne,
aveî paziensa – o te convegne;
förse ûn âtr'anno – ti te pattiae
e ö capitale – ti redöggiae.

Gh'é anche i meghi, – in confidensa, –
che s'aspëtavan – con l'influensa
d'andâ a fâ vixite – con a carossa
pe pôei ciû tanti – mandane a a fossa,
ma pe despëto – con questo sô
manco ûn réumatico – se sente ûn dô.
Son pin de bile – pûre i merçae,
in coro dixan – ch'en rovinae:
se ö bello tempo – ancôn o dûa
magge e farsetti – ghe van in pûa.
Renards e Martöe – co-i Petits gris
in te vedrinn-e – stan pe muffî.
'Sto bon inverno – l'é ûn terno a-o lotto,
se vâ de seia – sênsa cappotto,
gh'é da scommette – che in tûtta Sann-a
no trovae ûn naso – con a cingiann-a.
Tûtti passeggian, – son fêua da greppia,
solo chi tösce – gh'é quarche seppia
e pe poeî vedde – 'sta raritae
l'é a Ciappa pinn-a – de sfaccendae.
Ah, che bellessa, – che godimento,
i farmacisti – fan fallimento
e de San Paolo – drento i saloîn
së zâ proposto – de fâ, i veglioîn.
Cöse ne importa – che vadde a picco
ch'in sce i malanni – o se fâ ricco?
Di muri verdi – femmo vendetta,
sciortindo in stradda - con a paggetta,
salûando allegri – mattin e seia
'sto bello antiçipo – de Primmaveia.

L'INVERNO GRAMMO
Brr! che freido Giominetta;
con 'sta neive, 'sta pastetta,
no se pêu ciû camminâ.
Che açñidente d'ûn Zenâ!
Se pä tûtti in ta fasciêua
e se ö naso o spunta fêua
te fâ sûbito a cingiann-a
con 'sta sciôa de tramontann-a,
che ciû forte sempre a sciûscia.
Semmo a Sann-a o semmo in Rûscia?
Gh'en pe-e case e stive rôsse,
ma no gh'é chi n'ha de tôsse,
chi no ha i bronchi incatarrae:
l'é ûn ûspiâ tûtta a çittae!
Han i meghi ûn gran da fâ,
fortûnôu chi e-i pêu trôvâ,

aspëtando rassegnôu
d'ëse a tûrno vixitôu.
Ûnn-a çerta mae casann-a
l'ha aspettôu 'na settimann-a
e a l'arrivo dö dottô
l'ëa zà in brasso dö segnô.
Se andae drento a-e farmacïe,
de delà in te sacrestïe,
no se parla de marotti,
de riçette, de çerotti,
se discöre de villezzi,
de brillanti, de maiezzi,
de peliççe pe-a scignôa,
mentre a gente fan a côa
pronte a daghe ö borsettin
pe ûn po' d'aegua dö pregin.
Da chí vende dö carbön,
o gh'é sempre a procescion.
Fêugo! Fêugo! tûtti crian,
in to spende no gh'ammian
con piaxei di bûtteghae
che pe megio fâ dinae,
aegua e taera in to carbön
caccian senza remiscion.
Brr! che freido! No pä vëo,
nêutte e giörno sempre zëo,
sempre neive, sempre vento,
no se queta, ciû ûn momento.
Anche in letto co-a mae Cëa
me pâo drento a 'na giassea!
Giominetta, ve salûo,
son zâ quaexi mezo dûo,
se ancon resto chi a parlâ
me trasformo in baccalà.
Ah, che inverno maledetto,
o ne porta a-o cataletto!...

SEIA DE ZENÂ

I

Sta seia fa freido
(o schissa Zenâ!),
intorno a-e fontann-e
gh'é l'aegua giassâ.
A gente a camminn-a
co-e man in ta stacca
e a testa in to baveo
ben fonda a l'insacca.
Chi svorta, chi taggia
de sbièscio e contrae;
e ciappe resêunnan
de passi aspresciae.
Gh'é solo e pattûgge
che van cadensae!

II

Se sente pe l'aïa
'na chêutta de neive:
da i osti se canta,
se zeuga, se beive.
Cö gotto davanti,
vixin a-o tanon,
ö freido o se sfidda,
se scaccia ö magon.
Chi é solo o l'aspeta
e ciave in ta schenn-a,
ma in stradda o repiggia
de nêuvo a sêu penn-a.
E in chêu o se gh'affonda
ciû tanto a scävenn-a!

III

Da e tore i relêuii
rebattan dozz'ôe;
ö vento co-a neive
combinn-a demôe.
E stradde o l'ingianca,
recamma i barcoin;
de xêui de farfalle
circonda i lampioin.
Se treppa scigôando,
se treppa de chêu:
che allegre battagge
doman tra i figgiêu!
Feliçe chi attrêuva
zâ cädi i lenzêu!

Ö SÔLLEON
Da ogni parte no se sente
che 'na sola esclamazion
«Ah, che cädo prepotente,
che tremendo sôlleon!».
Sia de nêutte che de giorno
se pâ d'ëse drento ûn forno,
e se ancon o continuiä
de segûo se deslenguiä!».
Tûtte e gente pân fontann-e
ambolanti pe-a çittae;
da-a gran cheita de cingiann-e
tûtte e stradde son bagnae.
No gh'é bava d'arbaxïa,
dö vapore se respïa;
manco a bagno drento a-o mâ
se pêu ö cädo, sopportâ.
Anche a gente che in campagna
ciû che in sprescia son scappae,
non han trovôu quella cûcagna
che s'ëan tanto figûrae,
e de sotta a-e verde ramme
ghe pâ d'ëse in mezo a-e sciamme;
con ciû mosche a tûtto andâ
e di odôi da... fâ bêuttâ.
Mî, in compenso, me cönsolo
a passame ö scadenzê
e cian cian me trêuvo a-o Polo
cö Gran Pack de sotto a-i pë,
pin de brividi glaciali
a-o pensiero de cambiali
che tra giorni ho da pagâ,
con 'sti incasci da giornâ.
Poi me lezo i avvisetti
che me manda l'Esattô,
quarche riga di precetti
d'ûn birbante creditô,
e se cëppo ancon me sento
fasso ûn âtro esperimento:
penso a-o fitto in arretrôu
e divento congelôu.

Ö ZEÛGO DÖ SCIÛ E ZÛ
O monta ö dollaro,
o s'arsa ö franco,
quaexi trae lïe
costa ö pan gianco;
van sciû i affitti,

manca i quattrin
e cresce a pansa
da Catteinin.
Monta e patatte,
monta i coî-scioî,
se sbascia e paghe,
crescian i dôî;
monta a sterlinn-a,
o cresce ö vin
e gonfia a pansa
da Catteinin.
Sempre a-o ribasso
camminn-a a lîa,
e ûn po' ciû a çenta
ciascûn se tîa,
proprio a-o contraîo
da Catteinin
che a slarga a goenn-a
tûtte e mattin.
A sun de cresce,
de ribassâ,
quarcosa ûn giorno
doviâ scciuppâ,
e questo zêugo
o l'aviä ûn fin
comme a gonfiessa
da Catteinin.
Nasciä ûn masccetto,
nasciä ûnn-a figgia,
satiä via ö tappo
che n'imbottiggia?
Nisciûn sá dïlo,
ma sá ö destin
quaelo siä, ö nato
da Catteinin.

COSCÌ DIXEIVA ÛN MERLO
Mî me ne staggo a l'ombra in sce 'na ramma
d'ûn bello figo verde e ben frönzûo,
mentre a merla lontan a me reciamma
con certi baciccin che a faghe ö dûo
o no ghe vêu che mî, ve l'assegûo.
Baciccia, bacicì, scigôando a ciamma,
ma mî do sêu scigôâ no me ne cûo,
e becco e dôçe fighe da mae ramma.
E becco a mae piaxei. Ghe n'é mai tante
belle e matûre che n'ho becco assae.
Pe a merla che a me sìa ghe vêu ûn galante

disposto a fâ a sêu niâ da-o Podestae;
ma i merli comme mî ne stan distante
son de quelli chi becca e no i becchae!

PENNELLAE A SGUASSO
(Trittico)
I
PAISAGGIO DE PRIMAVEIA
(Mattin)
A-a drita e rovinn-e
d'ûn vëgio castello,
in fondo ûn rastello
che o saera ûn giardin.
Da l'atra ûnn-a casa
gianetta, grazïosa,
êuggezza coïsa
fra e ramme di pin.
Fra i prae tûtti verdi,
macciae de scioettinn-e,
de gianche pegoinn-e
intorno a ûn barchî.
E ûn çê lûminoso
coscì trasparente
che ammiandou se sente
l'incanto d'Arvì.

II
VALLADDA D'ESTAE
(Mezogiorno)
Ûn sô che e çervelle
o chêuxe e imbarlûga
e indora a bell'ûga
inçimma a-i maxê.
Fra e erbe ûn rianetto
incroxa a sò ciaea
canson co-a sigaea –
'na biscia de çê.
Lazzù in sce l'atûa,
redosso a-a collinn-a
'na bella cascinn-a
co-e case vixin.
E dovve a valladda
a s'arve maestosa
a vista grandiosa
dö mâ celestin.

III

MARINN-A

(In sce ö tramonto)

De nûvie che coran
aççeize pe l'aïa,
fra i schêuggi ûnn-a baia
tranquilla e ombrezzâ.
Tre o quattro casette
co-i veddri che lûxan,
de donne che cûxan
e rae da pescâ.
Vixin a-o sbattizzo,
dùi gössi co-a veia,
aspetan a seïa
pe-o largo sarpâ.
Poi là comme ûn fûmme
i monti de Zena,
a bella sirena
che a domina ö mâ.

Ö MAE GIARDIN

Ö mae giardin o l'é spazioso e bello
con di viali ombrezzae da-i pin de mâ,
no l'ha de mûage intorno, nè ûn cancello
e pêuan vegnighe tûtti a passeggiâ.
Son generoso, çerto, e a fâ ö bordello
ghe lascio intrâ i figgiêu a-o poidisnâ,
specie d'inverno allôa che ö tempo bello
invita i povei vëgi a s'assoiggiâ.
Ghe veu de serve zuene, di sordatti,
di scignori e scignore e de sartinn-e,
di praevi quarche votta e ascì di fratti
e-e figgette da schêua co-e sò meistrinn-e.
De tûtta gente, insomma, e a se recilla
a l'aïa averta, a-o sô in faccia a-o mâ,
senza nisciûnn-a gèna, comme in villa,
e se ghe fâ quarcûn 'na dormiggià.
«Troppo larghê – me diei – santa Babilla!»
ma son faeto coscì, no so refûâ.
Gode chi gode! Ö sô pe tûtti o brilla,
e o se vedde debadda ö bello mâ!

CANZONETTE
BARCHEZZATA A-O CIAEO DE LÛNN-A

I.

Sta seja a lûnn-a pinn-a
d'argento a innonda ö mâ,
e-a brixa ponentinn-a
a veia a fà gonfiâ.
Rosin, drissemmo a prôa
in mezo a sto splendô
e confondemmo i baxi
da lûnn-a e de l'amô.
Perchè contro ö mae peto
ti chinn-i a testa brûnn-a?
Ö nostro amô segrëto
a nö tradisce a lûnn-a.
Sente che dôçe invito
vegne da-o çe seren,
mentre ogni cösa a canta
«Zoeni, vorreive ben!».

II.

Ti veddi là Savonn-a
de lûxi pontezzâ?
A pä ûn feston de stelle
desteizo lungo ö mâ.
Fra quelle lûxi ascösa
o dorme a têu casetta,
döve a-a finestra ho visto
ûn giorno a têu faccetta.
Lazzû pe a primma votta,
o cäa, ti m'hae sorriso,
ti m'hae svelôu da vitta
l'incanto e ö paradiso;
e comme questa seja
t'ho streïta in sce-o mae sen,
e a bocca e ö chêu t'han dito:
«Rosin, te vêuggio ben!».

III.

Rosin, comme a sparisce
lontan, lontan a riva;
l'é cheito a brixa e-a barca
a se ne vâ a-a dèriva...
A và, in ta carma cippa,
a và, ma a no governa,
vinta da tûtto ö fascino
de 'sta bellezza eterna...

Lascemmo a scotta in bando,
no serve ciû l'aggiaxo ,
vivemmo ö nostro sêunno,
godîmmo questo baxo
de lûxe che in silensio
ciêuve da-o çê seren,
mentre i chêu nostri cantan
«Te vêuggio tanto ben!».

Ö PESCOU DA CANNA
I.
Son ö pescöu da canna,
da lensa, da pörpëa
e passo con paziensa
ö giorno in sce a schêuggëa.
Co-a moula e cö formaggio!
ancioa e sardenetta
so fate ûn boccònetto
da fâ vegnî l'aeguetta;
ma förse perchè i pesci
in böcca l'aegua han zà,
se callo a lensa a bagno
nisciûn o me ghe dà.
Ö tempo passa e ö lammo
o pende in fondo a-o mâ
e se s'ostinn-a ö pescio,
mi ascì me sò ostinâ.

II
Con l'êuggio in sce o nattello,
a mae pippetta in bocca,
aspëto, aspëto... aspëto
se me ghe dan 'na tocca.
A lensa l'é ben teisa,
sardo ö çimello in man,
gh'ho ûn brocco che co-i denti
n'ou taggia ûn pesciocan;
ma ö pescio anchêu l'é aspaerto,
sà fâla da fillön,
sensa mesciâ ö nattello
se porta via ö boccôn.
L'é mezogiörno, a pansa
comensa a mögögnâ;
no vêuggio dâme vinto,
ûn pescio ho da piggiâ.

III.
Quando comensa a seia

se pesca con vantaggio,
e mi, pensando a-a çenn-a,
redduggio de cöraggio.
Prûmezzo e cö vermello
ö lammo inlesco ben,
caccio zû a lensa e aspëto
ö pescio che no ven...
Ma no, miae là ö nattello
han faeto subaccâ...
Tïo sciû con sprescia, e a lensa...
se streppa... e filla in mâ!
Ormai, son messe dite,
costemose a-a çittae,
cattiö due boghe frite
da ûnn'oste in ti Casciae!

A DATTILOGRAFA
I
Mi son a dattilografa
de l'avvocato Tale
e ho pe-o scrive a macchina
ûn don quaexi speciale.
Conöscio ûn pö a grammatica,
assae l'ortografia
e lezo ben corrente
ogni calligrafia.
Mae principâ l'é zöveno,
l'é conosciûo in to Foro,
e me caressa spesso
dixendome: «Tesoro!»
Ghe fasso ûn pö a ritrosa,
finzo de protestâ;
ma poi m'arrendo sûbito,
söspio e... lascio fâ.
Quando davanti a-a Reminton
m'assetto pe copiâ
e mae maninn-e addescian
ûn çerto ticche-tâ,
che quaexi pâ 'na mûxica
da black-botton, da Jazz
e ticche ticche ticche
e ticche ticche tâ!

II
Piâxo, son fresca, zôvena,
ho dixêutt'anni appenn-a,
ciû d'ûn cliente in stûddio
m'ha invitôu a çenn-a.

Mi g'ho risposto: «Grazie!...
no posso... gh'é mammà...
Però se sciâ vêu insciste
nö posso rifiûta...»
Guadagno... scì guadagno,
ma e speize anchêu son tante,
e vaddo qualche seia
da ûn vëgio commerciante.
Copio e risposte a-e lettere,
compillo de fattue
e pe tegni ö decoro,
ne devo fâ figûe.
Quando davanti a-a Reminton
m'assetto pe copiâ
ecc. ecc.

III
Da ûn pò de tempo ûn zôveno
distinto o me pedinn-a;
mi fillo drita, serïa
con fâ da moneghinn-a.
Dev'ëse ûn tipo timido,
se vedde da-o sêu fâ,
e ancon no s'é deciso
a voeise presenta.
Ho zà ö mae piano pronto:
ö zoveno me piaxe,
aspëto segge chêutto
ben ben inçimma a-a braxe
de quell'amô che, çerto,
presto me dichiariâ,
e ö porto a fâ a dimanda
in casa da mammà.
Quando davanti a-a Reminton
m'assetto pe copiâ
ecc. ecc.

SERENATA D'ÂTRI TEMPI
I.
A-i tempi mae, da zoveno,
vêu dî tant'anni fà,
sotto i barcoin da bella
s'ûzàva de cantâ.
Ûn o cantava a-a Giûlia,
ûnn'âtro a-a sêu Rosin,
stonandu in sce-a chitâra,
grattando ö mandolin.
E drin, drin, drin...

affaccite, Rosin!
E drin, drin, drâ...
No fâme ciû despiâ!

II.
De votte tûtta timida,
fra mezo a 'na tendinn-a,
spontava da-a finestra
'na testa biricchinn-a.
Ma spesso a l'ëa 'na scarega
de tôsci e imprecazioin,
che proprio in to ciû bello,
ciêuveivan da-i barcoin.
E drin, drin, drin...
Lasciae dormî i vexin!
E drin, drin, drâ..
No staene ciû a noiâ!

III.
L'amô ciû trêuva ostacoli
con ciû se fà testardo
e doppo quarche seia
se aritornava a-o lardo.
E zû de nêuvo a spremise
pe veddila agguaeitâ,
a rischio d'ûn batteximo
d'aegua do... rûxentâ.
E drin, drin, drin...
M'ëi rotto zâ i cordin!
E drin, drin, drà...
Andaeve a fâ massâ!

IV.
Pûre fra mezo a-e scarighe
de tôsci e de giastemme,
l'amô «forte e tetragono»
dui chêu ligâva insemme.
E allöa in Municipio,
con a «fanciulla amata»
finiva ö dôçe idillio
a prêuva de tomata.
E drin, drin, drin...
Evviva i dui sposin!
E drin, drin, drâ..
A-a fin se pêu quetâ!

E STELLE DO MAE CHÊU

I

Quando a-a seja ö çê se crêuve
de stellûççe ancon dormïe,
veddo «Venere» ch'a rïe
e-a me dixe: – Cöse t'êu? –
No ti e tî, Venere bella,
che mi çerco e che sospïo,
ma e due stelle, che ferïo
han in mezo questo chêu.
Cöse a fa 'sta nêutte ciaea,
'sto portento de splendô,
se no gh'é due stelle paege
di dui êuggi do mae amô?

II

Bello mâ da mae Savonn-a,
che ti spëgi tante stelle,
ti n'hae visto de ciû belle
di dui êuggi da Rosin?
Manco i sguardi de sirene
han di incanti ciû profondi,
no gh'é perle in ti têu fondi,
che ghe posan stâ vixin.
Cöse a fa 'sta nêutte ciaea,
'sto portento de splendô,
se no gh'é due stelle paege
di dui êuggi do mae amô?

III

Passa ö tempo, van e stelle,
e mi çerco, çerco attento:
in te tûtto ö firmamento,
no ne sponta comme e sêu.
Côri, o nêutte, côri presto,
lascia a l'arba fâ ritorno,
perché posse tûtto ö giorno
vedde e stelle dö mae chêu.
Cöse a fa 'sta nêutte ciaea,
'sto portento de splendô,
se no gh'é due stelle paege
di dui êuggi do mae amô?

VÊGIA SAVONN-A

I.

Stradde streite, caröggetti,
corde teize co-e bûghae,
in sce porte a fâ pacchetti
stavan sempre de comae

Bûtteghette mâ guernïe
con di odôi da indovinâ
se vegnivan da-e sganzïe
o da ö smêuggio baccalà.
De marmagge in camixetta,
sempre pronte a futte ö can,
se ö meicädo dö Tregetta
o spuntava da lontan.
Vëgia Savonn-a,
quaexi sparïa,
no gh'é 'na prïa
che n'agge in chêu,
ch'a no me parle
di giorni belli,
di cäi castelli
quand'ëo figgiêu!

II.
In sce ö Fosso gran gazzea,
corpi secchi de scurriâ,
carossê con furba ciaea
pronti a-a bûrla e a traccannâ.
Procescioin de beciancilli
pe via Pia, pe-i Casciae,
gazzi, scialli, gran mandilli,
scarpe grosse e ben ferrae.
Ambulanti co-i caretti
pin de frûti da stagion,
che sbraggiavan, poveretti,
da remettighe ûn pormon.
Vëgia Savonn-a,
ö chêu sospia
quell'allegria
che no gh'é ciû,
e sempre pensa
a-i giorni belli,
a-i cäi castelli
da zôventû!

III.
Gössi a lobbia da-a Scaletta
a-a domenega amarrae,
barcaiêu co-a sêu pippetta
sempre imbösa, assêunneggiae.
Da-a vëgia arboa di banchetti
con de nëgie, dö torron,
caraffinn-e de sciorbetti,
d'aegua fresca cö limon.

Sartimbanchi, bûsciolotti,
organetti, ramaden,
gente all'orsa da-i gran gotti
e poi... canti a-o çê seren.
Vëgia Savonn-a,
meza sparïa,
ogni têu prïa
m'é cheita chí,
proprio chí drento
dove i castelli
di giorni belli
derrûan con tî!

A-a PUNTA DA MAINETTA
I.
A l'artessa da Mainetta
in atteisa de sarpâ,
voî trövae là da-a Scaletta
in to gosso a dormiggiâ
sott'a-a lobbia ö barcaiêu
pronto e remme a cacciâ in mâ –
moddi sgrûzzi, ma bon chêu –
pe portave a barchezzâ.
– Sciâ vêuan, signöri, ö gösso
ûn po' pe barchezzâ?
L'é chi amarôu co-a lobbia,
sciâ n'han che da montâ.
Ghe l'ho co-e remme e a veia,
sedili co-i cuscin;
però, se sciâ patiscian
no passo ö lanternin.

II.
Quanto tempo là gh'an perso
aspëtando i forestê,
con e bele pe traverso,
tanti vêgi dö mestê,
pronti a-o gïo che mai vegniva,
giastemmando taera e çê,
se ûnn-a cubbia compariva
no tornava ciû in derê.
– Scignöri, gh'ò chí ö gösso
pronto pe andâ Arbissêua;
sciâ montan con fidûcia,
son barcaiêu de schêua.
O và che o pâ i 'na freccia,
no l'é 'na peigolea;

sciâ amian l'é gianco e rosso,
l'ho battezzôu «Ciabrea».

III.
In to gösso te i rönsavan,
e-i faxeivan assettâ;
in ti scarmi i streppi intravan
e zû dagghela a vogâ.
Fêua dö porto, baccaletti,
cominsava ö becchezzâ,
i foestê co-i patiretti
protestavan pe sbarcâ.
– Scignöri, no l'é ninte,
sciâ tegnan dûo ûn momento;
quattro pâae con forza
e semmo torna drento.
Coraggio, cai signori...
Ammia che sordattin!...
ûn po' de böllezûmme
o ghe fa fâ i gattin.

A «A CAMPANASSA»
Campanassa, Campanassa,
chi da fermo in scia tò ciassa
veddo a cà dove son nato,
veddo i Fraighi pin de sciato,
pin de frûta e de verdûa;
veddo a neûva tò statûa,
che a te torna a fâ gigante.
Tî de Tôre, tûtte quante,
t'ë a reginn-a, t'ë a scignôa,
ti ghe posi a sâ in scia côa,
ti l'amii da l'atu in basso,
ti ne fae de tûtte ûn masso,
drita a ciongio in scia tò ciassa
comme ûn giorno, o Campanassa!
T'han azzunto tûtti i parmi
che t'aveivan quelli scarmi
da galea, faeti ammermâ
quando Zena chi a l'é intrâ.
A Madonna, co-i diversi
stemmi antighi – staeti spersi
da-o Veggion che tûtto o scassa, –
t'han rifaeto, o Campanassa!
Rinfrescâ, de neûva tinta,
ti ë ûnn-a faccia ciû distinta
– voriae dî, da sgarzellin-na –
fra e tò seû meze in rovinn-a;

co-o releûio da ogni banda
che a l'intorno, a tempo, o manda
forte ö sôn de l'ôa chi passa,
e a no torna, o Campanassa!
No, a no torna, nè gh'é verso
de fermala. E l'eûggio sperso
ûnn-a faccia o çerca paegia
di mae tempi. Sta bonaegia
de Cicchetta, co-a messoïa,
a fa comme n'a spassoïa;
e che röso a se fa in gio,
a streit'êuggi, e senza fio.
Quante gente conosciûe,
quante tipiche figûe
son scomparse senza fô,
proprio comme a nebbia a-o sô
da a tô vegia e antiga ciassa,
o risorta Campanassa!
In poch'anni, quanti vêui!
Ciû no veddo i belli rêui
de marmagge a fâ dö sciato,
ni chi zêuga a-o primmo sato,
a-i cocolli, a racchillen,
Da-i pertûzi, i massachen,
scinn-a i dardi t'han scorio
che te xêuavan sempre in gio.
Tûtto o cangia e o se renêuva,
pûre chi son nato ûn giorno;
ma l'é ûn giorno assae lontan,
comme e stoie dö Barban.
Vegne seia, e se fa scûo;
Campanassa, te salûo
cö chêu streito, ammagonôu
pe-e memoie do passôu;
e quest'ôa che a tò campann-a,
a difonde e a se allontann-a,
pâ ch'a digghe: «Sciû coraggio,
che sta vitta a l'é ûn passaggio!».
1° luglio 1932.

E FIGGE D'ARBISSÊUA
«Arbissêua, taera nêua,
«figge belle no s'attrêua...».
Che boxarda de canson
inventä da ûn mascarson,
che de çerto l'é restôu
da quarcûnn-a cöggionôu,
perchè e donne desprexae

son e ciû dexiderae.
Basta aveighe i êuggi averti
pe convinsise, ëse çerti
comme in questa taera nêua
o gh'é ciû de ûnn-a figgiêua
che pe poco che l'ammiae
ciû da-o chêu no ve a levae.
Han 'na cosa, ve l'ammetto,
no se servan do belletto;
comme son, son tûtte lì
sensa inciaṣtri de «Coty».
Son do vero pan de cà,
faenn-a sccetta, beschêuttâ,
che ve dà l'aviditae
de mangiale a mordiggiae.
Belle figge d'Arbissêua,
comme voî no se n'attrêua!

*   *

Se mi fosse ancon fantin
no exitievo ûn momentin
a çercame ûnn-a figgiêua
fra e ciû belle d'Arbissêua,
perchê a l'ûso che gh'é là
deve a figgia mette cà.
Che cöcagna - ghe pensae? -
poeî sposâ senza dinae!
Cäi zôenotti, fae fagotto,
andae là, l'é ûn terno a-o lotto;
ve accasiei tûtti d'ûn fiato,
dando ûn cäso a-o «celibato».
Impariei a fâ pignatte,
vasi, conche, tondi, xatte
a dipinze, a invernixâ,
a fornaxa a governâ.
Vegniei meistri stoviggiae
e aviei figgi in quantitae.
Ma, se a caxo, ûn fiasco fae,
co-e figgiêue no ve a piggiae
comme quello mascarson
inventöre da canson
che tra e figge d'Arbissêua
ûnn-a bella o no s'attrêua.

V

FOE MODERNE

A PENN-A DÖ TAGGIÖN

Trei ratti s'ëan cacciae in t'ûn förmaggio, –
'na forma de stravëgio parmexan, –
e a rezûggiâ s'ëan missi con coraggio –
comme se a famme avessan d'ûn villan.
Senza saveî ûnn'A d'inzegneria,
sensa dö minatò conosce l'arte,
co-i denti t'han scavôu 'na galleria,
che a förma trapassava parte a parte.
Ö förmaggiâ, però, ûn bello giörno
o l'ha scoverto a cösa e l'ha pensôu
quell'inzegnê levaseli d'attörno
e ûn rattaiêu in t'ûn canto o l'ha tesôu.
I ratti, manco a dîlo, nastûssando,
se son lasciae da-a trappola acciappâ
e stavan con terrore rûminando
â-a fin che-i destinava ö förmaggiâ.
Ma questo, grasso e grosso comme ûn bag-gio,
suefaeto a se refâ d'ogni remissa,
pe compensâ ö rezûggio dö förmaggio
co-a carne l'ha cacciae da fâ säsissa.

Ö MÛZOU E-A GRITTA

«Che vitta desgrassiâ, destin mae grammo,
pe poei mangiâ ûn boccon me tocca fâ,
e ammiaghe ben ancon se no gh'é ö lammo
o l'ommo pronto a fâ 'na ressaggiâ.
«Schivâ i denti da föscina e da massa
ö tradimento coerto e ingannatô,
vardâse ascì da-a raeî che tûtto a spassa
e in taera a ve fa moî co-a pansa a-o sô
Coscì se lamentava ûn mûzou vëgio,
ridûto da-o terrô a pelle e spinn-a,
pensando che oramai no gh'ëa de mëgio
che fâse frizze e ciao... finî in cûxinn-a.
'Na gritta arrûfianâ che d'in sce ûn schêuggio
se recillava a-o sciôu de tramontann-a,
a gh'a sbraggiôu; Mae cäo, gh'é vêu de l'êuggio
pe pôei campâ in giornâ se manca a tann-a!
«Mî, comme ti me veddi, sensa penn-a
rezûggio finn-a a-a rèsca ö mae pescetto
tranquilla e d'ogni po' me slargo a göenn-a
pe-a magica virtû de 'sto garbetto».

A CROVETTA E-Ö VÖRPON

Verso seia i 'na Crovetta,
zoena e bella da miâ,
s'é posâ sorva a mûagetta
d'ûnn-a crêuza a reposâ.
Un vörpon che andava a spassio
o l'ha vista e o s'é fermôu,
poi fissandola in ta faccia
dôçe dôçe o gh'a parlôu:
«O Crovetta zoveninn-a,
tûtta grazia e tûtta amô,
a têu ciûmma neigra e finn-a
a risplende comme ö sô.
«Se a-e têu forme, o morettinn-a,
rispondesse a vôxe ascì,
fra i oxelli ûnn-a reginn-a
a no gh'é se no ti e tî!».
Doppo ûn bon löcciâ de côa,
a Crovetta ammaliziâ
s'é toccâ co-a sampa a gôa
comme a dî: «Son refreidâ».
Poi con fâ da moneghetta
a gh'a dito ciancianin:
« Se te piaxe a formagetta,
raccomandite a-o borsin!».

Ö ZANETTO E Ö BABOLLO

BABOLLO

– Cömme t'ë grasso e gianco, ca-o Zanetto,
e che eleganza ascî, che portamento...
T'ae eredditôu de çerto, ghe scommetto,
perché no pêu ingrasciâ chi vive a stento.

ZANETTO

– Anchêu o vive ben chi fâ a törtagna
e i êuggi sâ serrâ davanti a-a biava;
mî ingrascio e sciallo a-e spalle da castagna
e tî ti vivi magro co-a têu fava!

Ö LEON E-Ö SCIMIOTTO

Ûn leon serrôu in gaggia
da ûn potente domatô,
o pensava, pin de raggia,
dö deserto a-o cädo sö.
– «Ö sô cädo dö deserto,
giorni mae de libertae,
là passae in campo averto
da vëo re di animae.

Belle antilope graziose,
tanto, bonn-e da mangiâ,
carövann-e nomeröse
c'ho assatôu senza tremâ;
chi ve cianzo tûtto ö giorno,
ve arregordo con magon,
e 'ste sbäre c'ho d'intorno
fan ciû odiösa a mae prexon.
Ma che serve l'angösciame
a obbedî son condannôu;
sâtâ ö çercio pe guagname
ûn pö d'ase derenôu.
Bella fin pe ûn gran sovrano:
fâ ö paggiasso pe mangiâ!... » –
Ma ûn scimiotto mezo nano,
che o sentiva mogognâ
o gh'à criôu con mala grazia:
– «Lascia a boria pe doman,
no l'é poi 'na gran disgrazia
per ûn re guagnase ö pan!» –

A VORPE BANCHËA
'Na vorpe vôendo fâ da moralista,
l'ha dito a 'na sighaea: – Bella frinfrinn-a,
de 'ste formigoe piggite ûnn-a vista
e no fâ ciù l'oziosa cantarinn-a.
Travaggia comme lö, fatte a provista
pe quando mandiä ö çê a neive e a brinn-a.
– 'St'inverno, vorpe cäa, faiö l'artista
e me n'andiö a-o teatro co-a berlinn-a.
Ma tî, che di pollae ti vivi a danno,
a moralista, brava, no me fâ!...
Chi vive co-i ungin pe tûtto l'anno
l'é ben che insegne a-i âtri a risparmiâ:
dâ 'na vernixe onesta a-o proprio inganno
e se prepara ö mûggio pe arrobâ! –

VI

PEIVE E SPEZIE
GAZZO O LÛXE ELETTRICA?
Mi son pe-o gazzo, e no m'a dae da intende
che a lûxe a l'é ciû bella e ciû brillante;
son pe-o gazzo, ripetto, e se comprende
che mi g'ho e mae raxoïn e ghe n'ho tante.
Ö gazzo, quando o vôei o ve s'accende
e no se ammorta ciû, mae cäa Violante;
se regola a piaxeî e no se spende
manco a-a meitae da lûxe. Ûn ignörante
a capisce da lë... De votte a calla,
de âtre in to ciû bun ve lascia a secco,
e a ve imbarlûga i êuggi quando a balla.
Mi son da stessa idea da Main dö Checco,
e diggo comme lë, no arsaeme a spalla:
«Feliçe quella cà, che a l'ha ö sêu becco!».

NECRÖLOGIO
«Ma cosa sciâ me dixe, a sciâ Lûçia
l'é morta ö giorno dui? Cäa sciâ Lazzaea,
l'ho vista tempo fà in Sant'Andrïa
insemme co-a Manin da bûtteghaea.
A l'ëa robûsta ancon, e regaggïa
e no me siae creddûa con quella cëa...
Sesciant'anni d'etae? I 'na môuttïa
de chinze giorni solo?... Comme a Bèa!...
'Na fin, davei, coscí no s'a meitava.
Quanti morti, Madonna, quest'inverno!...
Preghiò ö Segnô per le, l'ëa tanto brava,
che se a ciammïä vixin in sempiterno!...
Sescianta, chinze, dui, no ghe pensava,
gh'é ö lotto proprio chì; me zêugo ûn ter-no!...».

A-I TRÊUGGI
Zôeninn-a, ammiae, serchaeve ûn âtro trêuggio;
m'hei faeto l'aegua neigra diventâ...
Son strasse cö colöre dö pighêuggio,
âtro che «biancheria» da rûxentâ!
E a g'hà i pissetti ancon, ammiaela gente!
i trasparenti, e cette, i farballâ!...
Portaeve via 'sta roba rûzzinente,
andaeghe ûnn'âtra votta a fâ a bûgâ!...
O ve ne vegne a voî, bella cösinn-a?...
No staeme ûn po' ciû e mìcere a sciûgâ...
Se voî no sèi, so a figgia da Morinn-a,
e poco g'hei con mî da mogögnâ.

Vëgiassa, a mî!?... Piggiae, brûtta sguanzinn-a,
figgia de tûtti i avansi de l'ûspiâ!...
Ciappaeve 'ste maschae da-a man mancinn-a,
e andaevele da-o Pappa a fâ levâ!...

RIGORDI... AMAI
Ti te arregordi, dimme, Marinetta,
de quando semmo andaeti a barchezzâ?
ti m'ae faeto ben ben a ritrösetta,
ma poi, a-a fin, ti të lascià baxâ.
Cömme a filava ben quella barchetta,
cömme l'ëa bello quello giorno ö mâ,
quant'incanti l'aveiva a têu faccetta,
rôssa da-i baxi che no sò scôrdâ.
Tî te saïesci daeta, l'ho capïo,
ma de piggiate no son staeto bon...
A taera poi, però, me son pentïo
d'avei perso coscì bell'occaxôn
e me son dito forte: – Caro mio,
ti g'hae faeto a figûa dö be...stasson.

BÜSCHE E TRAVI
Che lengua de savatta quella figgia,
besêugna ch'a sentisci, Catteinin;
a me ne dixe tante che o me piggia
a futta e me ghe rodo da-o venin.
A cörpa a l'ha sêu môae perché no a striggia
e a no gh'insegna a rispettâ i vexin...
Bell'onore, davvei, pe ûnn-a famiggia
che a se rispette armeno ûn pittinin...
Vei a cantava, e gh'o criôu ben forte:
– «Maledetta sighaea, ti vêu stâ sitta!»
A m'ha risposto: – «Ouh! sciâ no battezze!...
«Mi son in casa mae... sciâ saere e porte!»
Gh'o tiôu trae gnaere: «Prrr!» E lë: «Sciâ Zit-ta,
g'han faeto mâ i faxêu?... sciâ se nettezze!...».

E DELIZIE DÖ VEXINATO
«Vexinn-a ch'ôa l'é?... Ö mae relêuio
o se fermôu a ûn botto questa nêutte...
Unzôe e meza? Va ben! Ghe n'hei de l'êuio?
G'ho e fave da condî... son meze chêutte...
Grazie, Manin!... Scûzae zà che ghe semmo
gh'aviesci ûn spigo d'aggio e 'na preizinn-a
de sâ pesta... due fêugge de porsemmo?
Me rincresce chinâ... no g'ho a picinn-a...
Da stamattin l'é andaeta da sêu nonna
mae sêuxôa Rosinin, a êuggi gianchi...

O fischia zâ?... Segnô, mî povia donna,
fra poco saian chí!... Gh'ei çinque franchi?
Me manca ö vin e ö pan!... Seî ben che mat-ti!...»
«Fany, se posso offrî, g'ho anche i piatti?...».

EDÛCAZION IN FAMIGGIA

Figgio de 'na carogna d'ûn can marso,
brûtto battôzo, porco e pellandron,
te vêuggio fâ ballâ co-a corda ûn svarso
perchè ti impari ûn pò d'edûcazion.
Che te piggiesse a-o chêu mezo açcidente,
quando ti dorvi a bocca pe parlâ...
Sacramencia, davvei, che in faccia a-a gente
ûnn-a bella figûa ti me fae fâ.
Zà, pe 'n Cristo! ti moîsci sördo e mûtto,
ti n'assemeggi manco a-i mae stivae;
çent'öte te l'ho dito, o muro brûtto,
no vêuggio aveî pe-a cà di maedûchae...
Ase, schifoso, sioto, farabûtto,
piggia esempio da mî che son têu pôae!

RELATIVITAE

– Ti creddi de serrâ, a ciave a gïa,
e ti me lasci invece a porta averta,
saieva questo ö sûgo da scöverta
che vêu fâ credde Einstein co-a sêu teorïa.
Ti trêuvi, per esempio, a têu Maria
con ûn amigo in letto sott'a côerta,
che a te tradisce te pä cosa çerta
e invece a stava là pe cortexïa.
Ti presti çento franchi a ûn conoscente
che te promette dâtei de segûo,
invece no te rende ûn açcidente
e te fa ancon pe-a stradda ö muro dûo.
In fin, te invito a beive da-o Valente...
– E pago mi a bottiggia?... Te salûo!...

Ö LÛTTO PE-A MÔGGÊ

– Cose veddo, Pedrin; ti porti lûtto?
– M'é morta a mae Rosin ûn meize fâ!...
sei giörni de môutia, sei giörni in tûtto...
– L'é crûa davveî, Pedrin; no te despiâ!...
– T'ae ûn bello dî; ma no sò däme aggiûtto...
pe mî no gh'é ciû ninte chi me fà...
Ghe vôeivo ben!...
– O so ma doppotûtto
cö cianze no se riesce a remeddiâ!
Fatte coraggio! Ciao...

– Dôve ti vae?
– Vaddo a ciamâ ö Beppin da Campanassa.
Ti vêu vegnî con noî a-a varietae?
Che gambe!...
– Ma te pâ!?...
– Ghe n'é ûnn-a grassa
che a fà vegnî l'aeguetta in mae veitae...
– Vaddo a piggiâ ö paltò; spetaeme in cias-sa!...

E BESTIE HAN SOLO L'ISTINTO?
Dixan che e bestie n'aggian che l'istinto
e agiscian senza däsene raxon:
ma mî no son però gran ché convinto
e ne vorrievo quarche spiegazion.
Esempio: ö papagallo do Pasquale
pe a ciarla o dà di punti a 'n avvocato;
o canta de romanze tale e quale
che t'o piggiesci pe 'n artista nato.
Quando vedde a moggê dö meistro d'ascia
e a ghe dixe: – Bongiorno, papagallo! –
o ghe cria forte: – Ciao, brûtta bibascia!
Se passa poi sêu maïo, meistro Checco,
e o ghe dixe: – Salûte, papagallo! –
o ghe risponde ciaeo: – Allegro, becco!...

MISS GLOBE-TROTTER
Giana de carnaxön, giani i cavelli,
occiali neigri e neigro ö sêu vestî,
due gambe lunghe e secche, dui çimelli,
scavâ da tutte e parte da nò dî.
Un vero spaventaggio pe-i oxelli,
scappôu da quarche campo e vegnûo chí;
ûn palo incatramôu, scimile a quelli
che acciantan dö telegrafo pe-i fî.
A passo cadensôu e l'oeggio attento
a e cose che in ta guidda son segnae;
no temme ö sôlleon, a neive, ö vento
pe soddisfase a sêu curiositae.
E dî che questa miss con speize e stento
a vâ a çercâ pe-o mondo e raritae!...

A BALENN-A
A sciâ Marinn-a a l'é 'na donna santa,
pacifica e tranquilla a tutt'andâ;
a ingrascia a vista d'êuggio e a se ne vanta
benché a no posse quaexi camminâ.
S'a chinn-a in to giardin a se gh'accianta
e a sûa d'in taera i pë pe destaccâ;

quanto o ghe ven in man a se gh'agguanta
pe pôei de nêuvo in casa ritornâ.
Se a passeggia pe-a casa ö terramotto
se descadenn-a e tûtto a fâ ballâ,
eppûre a no s'accorze d'ëse ûn motto
de carne da portâse a-o maxellâ.
A mangia tûtto ö giorno e a s'impe ö gotto
pe pôei razzunze presto a tonnellâ.

FELIÇITAE
No fasso pe vantäla, a mae Ginetta,
a me vêu ben, a dixe, da moî;
a me s'attacca cömme ûnn-a sanguetta
e a me costrinze sempre a dî de sci.
De votte a me fà ûn pö a ritrosetta,
a me gïa e spalle, a finze de dormî;
ma se prometto faghe i 'na robetta
a ridiventa dôçe da no dî.
Mi son feliçe e lë a l'é contenta,
godîmmo ö paradiso de l'amô;
a sêuxoa a nostra paxe a no tormenta
e i nostri painti se ne stan da lö.
Però 'na cosa söla a me spaventa:
i conti da moddista e dö sartô!

Ö BARBÊ POLITICANTE
A gente, se sà ben, a l'é ûn pö nëscia,
se lascia imbibinâ da-i parollôin...
– Famme a barba, Gostin; ho tanta spre-scia!...
...che son de tïate, in fondo, de cordôin,
Mi, per esempio, me son zà persûaso,
vagghe Orlando o Salandra a-o ministero...
– Gostin, Gostin; ti m'insavonn-i ö naso!
...o no se progrediä, de mezo zero.
Tanto pezo, allantôa, pe-a borghesia...
– Ammia, Gostin, che ti me taggi ö mento!...
...e pezo ancon de ciû pe-a Monarchia
se no se trêuva ûn ommo in Parlamento.
Intremmo in t'ûn momento decisivo,
e stemmo per andâ tûtti in malöa,
con questo movimento sovversivo
a và a finî... – Che ti me taggi a gôa!...

Ö CANTANTE SFIATÔU
– Signore, me dispiaxe 'sto momento
o sò gentile invito rifiûtâ...
L'âtrieri o me vegnûo ûn abbassamento
de vôxe che no pôeivo ciû parlâ.

Aveivo zà provôu «O Monumento»
da Gioconda. Di effetti da incantâ...
Ma, in to ciû bello, questo brûtto vento
o m'ha piggiôu in ta gôa... Che sciâ vêuan fâ?!...
Ho faeto i gargarismi cö vapöre
e m'han rimisso ûn po de quarche ton...
Sto clima, veramente, cäe scignore,
l'é pe-i cantanti i 'na disperazion.
Cantiö pe ûn'âtra votta ö Trovatore... –
– Fasciôu drento 'na balla de cotton?!...

Ö PRAEVE ZEMBO
Sciâ scûse, reverendo, ma no posso
ëse d'accordo in scimile argomento:
saiö, cömme sciâ dixe, ûn ortodosso,
ma logico no trêuvo quanto sento.
No gh'é 'n'â faccia paegia in mezo a çento
chi ha ö naso rebeccûo e chí l'ha grosso,
chí é bello da baxâ, chi fa spavento,
chí é magro cömme ûn picco e chi ûn colosso.
Pe ëse faeti a immagine de Dïo
a differenza a l'é troppo evidente;
perciò mî, reverendo, a 'sto regïo
de frasi no ghe creddo ûn aççidente...
E poi, sciâ me permette, o fiö avvertïo:
con quello zembo lì, no l'é prûdente!...

A SCOVERTA DE VORONOFF
T'äe letto, Michelin, in to giornale
a scoverta de quello professô?
Scangiandote ûnn-a gandoa interstiziale
o te rimette a nêuvo sensa dô.
D'ûn vëgio ne fà ûn zôeno tale e quale,
forte, axillo e ardente de vigô;
'na cosa coscí sorvanatûrale
comme se a lûnn-a a diventesse ö sô.
Vei seia, doppo çenn-a, ciacciarando,
ho informôu da cosa mae moggê,
a quae m'ha dito riendo: – Cäo Fernando,
son balle che me fan dormî d'in pë! –
E mî te g'ho risposto de rimando:
– Son balle scî, però, de scimpansé!...

Ö LÛTTO PE-O MAÏO
– Ghe fasso e condoglianze, sciâ Manena,
pe-a gran disgrazia che gh'é capitâ...
Un pö in ritardo, scî; son staeta a Zena

diversci meixi in casa de mammâ.
Sciâ se fasse dö chêu, sciâ l'é ancon zôena,
ben missa e fresca, sciâ se consoliä...
D'altronde, cose fâ, cäa sciâ Manena,...
i morti no se pêuan resûscitâ.
Sciâ ghe voreiva ben, povôu Tomaxo,
e sciâ l'aviä segûo sempre in to chêu;
ma, diggo, sciâ sà ben, de votte ö cäxo
o ne fa fâ de cose a moddo sêu...
Sciâ se divaghe, signoa... e doppo tûtto...
– N'é vëo che staggo ben, vestia da lûtto?!

A MÔAE SEVERA
Mae figgia Rösinin l'ha dixêutt'anni,
ma a filla drita ben, ve o diggo mi;
g'ho 'na manea, comâ, de batte i panni
che a no s'azzarda quaexi de moscî.
G'ho faeto ben capî: No vêuggio inganni,
ammia de no fermate a discorrî:
se poi te veddo ancon cö sciô Giovanni,
te saero in casa e te ghe fasso moî.
Dûe settemann-e fâ, ûn caporale
o l'é vegnûo a domanda a faghe in câ;
g'ho daeto ö mae consenso e, natûrale,
o lascio vegnî a-a seia ûn pò a veggiâ.
Ma te g'ho dito: All'occhio, caporale;
se ve baxate, non li fae cioccâ!

PARLA Ö PRESCIDENTE
Scignori a ve aringrassio de l'onore
che ci avete di farme prescidente;
'sta cárega pe io l'é ûn gran favore
e la mia moglie c'é riconoscente.
Pe ricompensa questo tre colore
ve vollio arigallare, o brava gente;
in drento c'è la patria col valore
e l'asta con la lansa relucente.
E c'é li nastri ascí per la brunata
pe quando quarche soccio vien defunto,
perchè l'é proprio tûtta completata.
Ce patiranno un pò l'âtra burgata;
ma me ve dico scialla a questo punto;
la nostra è nova e lö ce l'han strassata!

I DOZZE MEIXI

ZENÂ

Zenâ incominsa l'anno e veramente
di prinçipianti o l'ha tûtti i difetti;
de votte o filla ben, ma de sovente
o ne regalla i gianchi sêu sciorbetti.
I vëgi tegnan conto de calende
pe giûdicâ se bunn-a a siä l'annata;
se neiva ö giorno sètte, ben s'intende
che a lûggio o ghe saiä na nevicata.
A sciensa de calende a no fà falli,
e se ghe fae attenzion, lettui corteixi,
ben mëgio poeî saveî che no da-i calli,
ö tempo che faiä 'sti dozze meixi.
Cattaeve ancon ö Doppio Pescatore
e ammiae de ben sciorbive e previxioin,
ridile, poi, con posa da dottore
e i re ve proclamian di Benardoin.

FREVÂ

Fortûnn-a che Frevâ o l'ha de meno
di giorni da campâ di ûnze frae,
ma bastan pe i seguaci de Galeno
a fâ di buin affari co i speziae.
Cattari, cattaretti, pulmonite,
influenze, spagnolle e congestioïn,
pe 'sti scignori son tante pepite
scoverte in te caverne di pulmoïn.
Pe diversivo a tûtti 'sti malanni
gh'é e vëggie con i balli mascherae
dove se fâ da scemmi tûtti i anni
cö benefizio ascî da caritae.
Se pecca, oh se se pecca! in te 'sto meize
e se pecca con gûsto e con paxion;
'sta Quaexima, mae cäi, paghiemo e spei-ze
e ö praeve o ne daiä l'assoluzion.

MARSO

No sò perchè cominse a Primmaveïa
proprio 'sto meize tanto açidentôu,
ch'o cangia e carte in töa da l'arba a seia
e o pä ûn cavallo intrego desbrillôu.
Un giorno pin de sô o te fà fèsta,
e persighe e i amandoe o fà scïoî,
ûn âtro caccia zû vento e tempesta
e no permette quaexi de sciortî.
L'é ûn meize çervellin, ûn gran stondaïo,

che no se sà mai comme poeî piggiâ;
ûn meize da scassâ da-o calendaïo
in punizion dö sêu moddo de fâ.
Cominsa a Primmaveia e tutti quanti
se puntan finn-a a-o collo ö cappotton;
ritorna e rondaninn-e cu-i cûgianchi
e a neive a ven de nêuvo de staggion!...

ARVÎ
Arvî, fa bon dormî! divan i vëgi,
ma a mî me pä ûnn-a mascima sbagliâ;
i zoveni d'anchêu ne dan di spëgi
e no se san d'in letto mai levâ.
Pe conto mae no trêuvo differensa
da questo a ûnn'atro meize pe dormî;
cö sêunno g'ho mai tanta confidensa
che tûtto l'anno o l'é ûn meize d'Arvî.
Però, quando gh'aveivo a mae Ginetta
in létto se ghe stava mëgio assae:
se dîmo quarche dôçe parolletta
e i baxi se i scangiavimo a cassae.
Atro che Arvî! o l'ëa sempre d'Agosto,
e venn-e ne bóggivan da-a pascion,
a vitta a l'ëa pe noî sempre all'assusto
e colloudamo e molle dö saccon!

MAZZO
Che bello meize Mazzo, mae compagne,
pin d'incanti, profûmmi e seduzioîn;
son diventae giardin tûtte e campagne
e l'asenetto o canta e sêu cansoin.
L'é ö meize consacrôu a-e scampagnate,
a-e colazioin co-e fave e i salamin,
ö meize che ritorna e serenate,
i canti in sce-a chitara e ö mandolin.
'Sto meize ne fa vedde a vista döggia,
mentre se pä, ciû axilli diventae;
ö sangue drento e venn-e o ne simôggia
e s'é disposti a fâ bestialitae...
Gallezzan baxi insimma a-o ventixello
che i mille odôi arroba a-e zôene sciôe;
tûtto revive a Mazzo e o fa ö franguello,
ma chí no sà cantâ ch'o ghe scigôe!...

ZÛGNO
Cominsa cädo a fâ e e zôvenette
se vestan zâ de sgarza traforâ,
e a veddile ve pan de farfallette

attiae da-o lûmme che e doviä strinâ.
Atro che lûmme! Se ne schissan l'êuggio
restemmo a-o visco comme ciattaroïn;
s'insciamma ö chêu, va in fûmme ö portafeug-gio,
e femmo de figûe da Benardoïn.
O gh'é chi sbraggia forte a l'indecensa
veddendo tanta grazia esposta a-o sô;
so' e brûtte e i mâ forgiae che – in confidenza –
ricoran pe-a bellessa da-o sartô.
A donna no l'é vëo che p'ëse onesta
a deve passâ a vitta in ta fasciêua;
ah, quante moraliste faiaen festa
s'ûn dio de pelle poesan mette in fêua!

LÛGGIO

De Lûggio tûtti anfibi diventemmo,
vivemmo mezo in taera e mezo in mâ,
de conseguenza a vitta regolemmo
in moddo da no perde a carezzâ.
Se ûnn-a scignoa se notta a-a passeggiata
se çerca avvixinala in riva a-o mâ,
s'invita a fâ 'na bella barchezzata,
oppûre se gh'insegna a... gallezzâ.
Se gh'intra a poco a poco in confidenza,
se finze d'ëse chêutti da-a pascion,
e doppo aveî piggiôu quarche licensa
se vegne sempre in taera a-a conclöxion.
De votte, amixi cäi, a bella ombrinn-a
a-a quae con arte gh'emmo bromezzôu,
pescandola a ne lascia quarche spinn-a
che pe rancala o ne ghe vêu ö Bollôu .

AGÔSTO

Se fa sentî ö calore anche da-i sordi,
no semmo intrae pe ninte in sôlleon;
a l'ombra s'arrostisce comme i tordi,
a-o sô se chêuxe e êuve de piccion.
Ciû d'un çervello o perde a tramontann-a
e guai in te questo meize a litigâ,
se réziga de fâ sêunnâ a campann-a
o andasene d'asbrito in te l'ûspiâ.
Ö sôlleon in sce i destin da gente
ciû ch'influenza o g'ha complicitae:
ö cädo o fa a-i bordelli da crescente
e se diventa tutti increscentae.
Defaeti, dimme ûn po' se con a neive
s'é mai andaeti in ciassa a tiâ rissêu?

Se serca ben mangiâ e mëgio beïve
e se comizia a-o cädo di lensêu.

SETTEMBRE
Uga gûstosa e bella che l'agosto
t'ha faeti i grosci rappi matûrâ,
te spremmo e te trasformo in tanto mosto
che gioia indrento a-e venn-e o me mettiâ.
Ti boggi drento e tinn-e e ti borbôggi,
e ö forte odô me monta a-o çervellin;
a mae donnetta, attenta, a lava i dôggi
che impiemo poi ciû tardi de bon vin.
E penso intanto a-a primma imbriae-gatûa,
a-a pansa descoverta de Nöè
ch'o malediva Cam, a sêu creatûa,
perchè o l'aveiva visto... l'âtro pôae.
Però con tûtto questo brûtto inizio
ö vin l'ha ö mondo intrego conquistôu
in grazia di vinae che, con giûdizïo,
con l'aegua l'han asciolto da-o peccôu.

OTTÔBRE
O boschi profûmmae pin de frescûa,
de canti d'oxelletti e de rïen,
ottôbre, maeducôu, ve desfigûa
e ve despêuggia pëzo di villen.
Ö freido o ve fa cazze e belle fêugge
che ve faxeivan tanto dexidiae,
e in gran moinelli ö vento o se l'inghêugge
e ne semenn-a i campi e e carezzae.
In to çê grixio e vostre ramme nûe
me pan brasse de gente disperâ
ch'a implore in gran silenzio e sêu crea-tûe,
ö ben dö quae l'é staeta despûggiâ.
Fra poco a neive co-i pissetti gianchi
pe-o lungo inverno a ve vegniâ a crovî;
posaeve, o boschi, da-o travaggio stan-chi,
ve ritorniä 'sta Primma a reverdî.

NOVEMBRE
Novembre o dorve e porte a-o gianco inver-no
e a votte, o l'é ûn inverno antiçipôu;
ne porta ö grisantemo e ö sempiterno
pe-o giorno a-i nostri morti consacrôu.
Ö giorno cûrto fa pareî ciû bella
a veggia accanto a-a stiva co-a famiggia,
tra quarche zêugo e 'na meza ratella
ö sûgo o ghe sta ben de 'na bottiggia.

Ö vin o l'é ben pezo dö contaggio:
se beive pe ûnn-a nascita o ûnn-a morte,
se beive pe brindà, pe fâ coraggio
se beive pe ûnn-a bonn-a o gramma sorte.
Ö vin che in cà se beive in compagnia
o l'é fra tûtti i vin ö ciû tranquillo,
o descia ö bon ûmô con l'allegria
e o mette drento e venn-e ûn pö d'axillo.

DEXEMBRE
Se ne va l'anno che fra gotti e canti
emmo in baldoria allegra salûtôu
se ne va a cresce ö nûmero di tanti
anelli da cadenn-a dö passôu.
Quanta allegria de sô, de giorni belli
l'ha zà con lê a cadenn-a strascinae,
e a-o canto di fanetti e di franguelli
risponde anchêu i cappoin da-i gaggio-nae.
Coscí risponde ö chêu con di sospii
a i canti spenscierae da zoventû,
a i sêunni che co-i anni son svanii
e ö nostro sangue no ne ascadan ciû.
A vitta a passa fito, comme ûn fiato
e a povia nostra carne a va a marçî
sperando sempre ûn giorno meno ingrato
che mai no se decidde de vegnî.

CONGÊ
Vorievo a fianco
de 'na bottiggia,
zûgâ da vitta
l'ûrtima sbiggia:
cö pölso fermo
piggiâla in pin,
sbâttila lunxi,
sfiddâ a-o destin.
Brindâ a chi resta
isândo ö gotto,
senza ö rezûggio
de lasciâ ö motto:
poi scappà a-a sorte
d'in mezo a-e grinte
e con ûn reuito
tornâ in to ninte!